書下ろし

悲恋歌《ひれんか》

風烈廻り与力・青柳剣一郎㊿

小杉健治

祥伝社文庫

目次

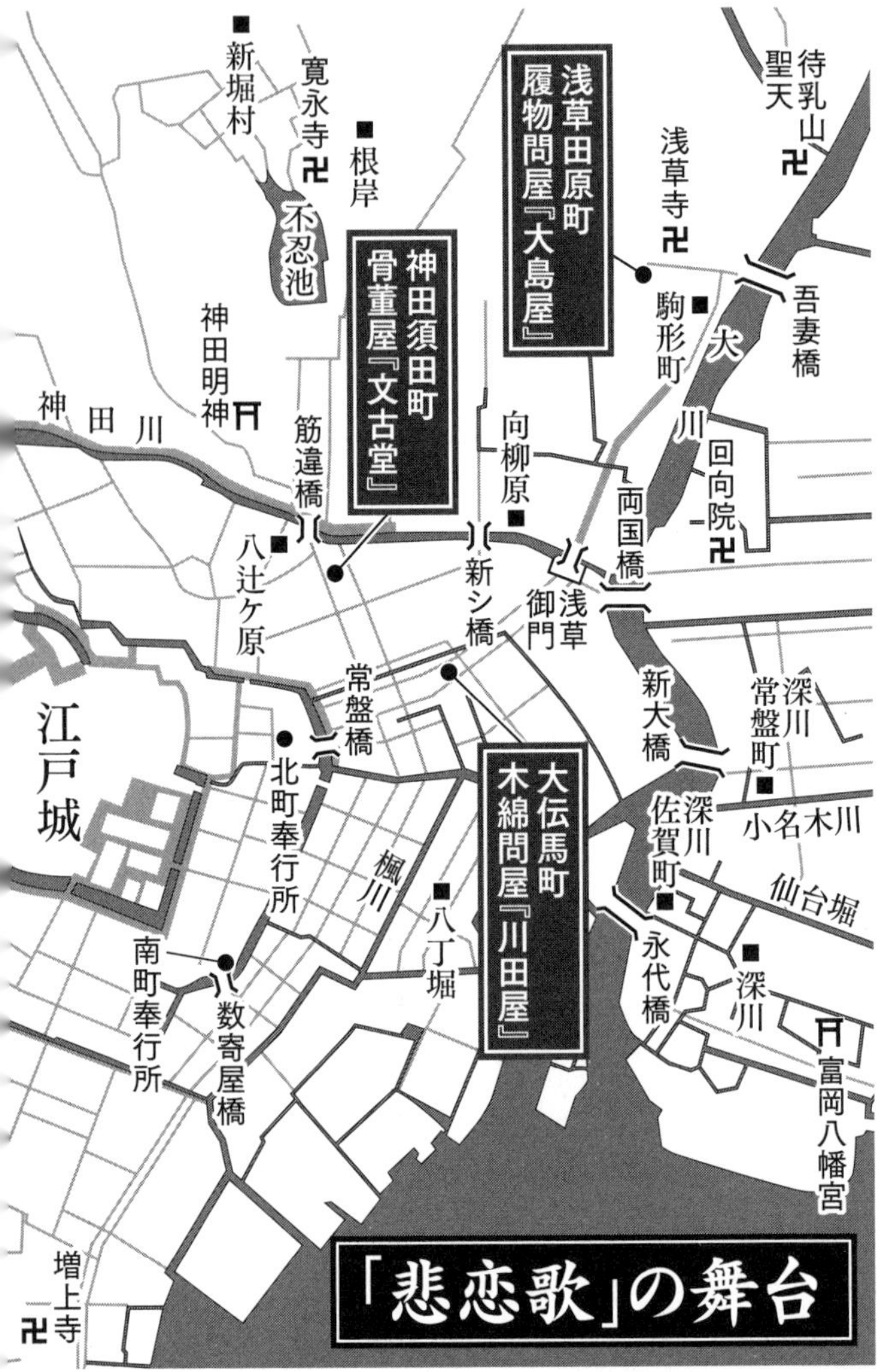

「悲恋歌」の舞台
浅草田原町
履物問屋『大島屋』
神田須田町
骨董屋『文古堂』
大伝馬町
木綿問屋『川田屋』
待乳山
聖天
浅草寺
吾妻橋
駒形町
大川
回向院
両国橋
向柳原
浅草御門
新シ橋
筋違橋
八辻ケ原
神田川
神田明神
不忍池
寛永寺
新堀村
根岸
常盤橋
北町奉行所
江戸城
楓川
八丁堀
南町奉行所
数寄屋橋
新大橋
深川常盤町
深川佐賀町
小名木川
仙台堀
永代橋
深川
富岡八幡宮
増上寺

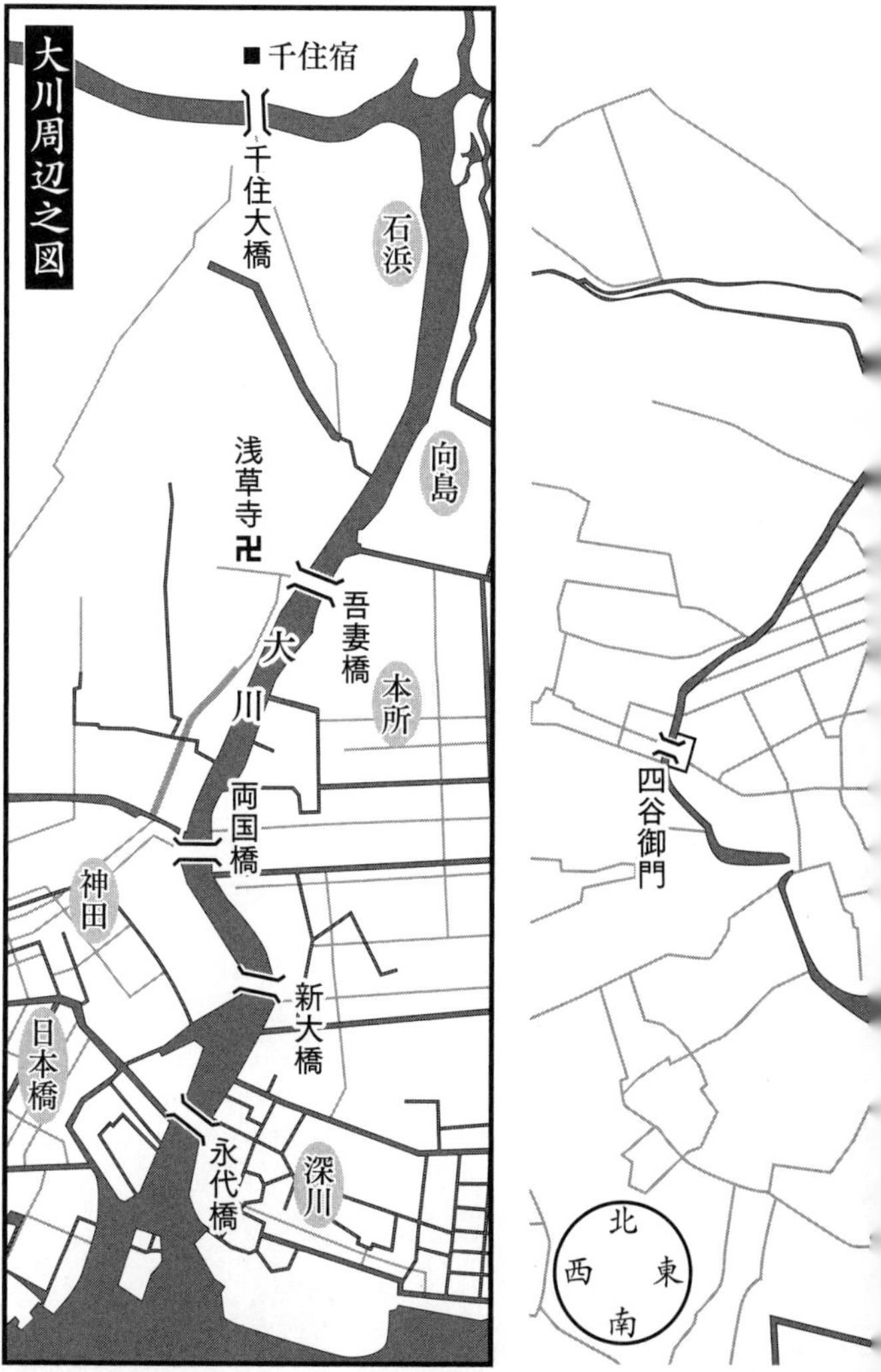
大川周辺之図
千住宿
千住大橋
石浜
向島
浅草寺
卍
吾妻橋
大川
本所
両国橋
神田
新大橋
日本橋
永代橋
深川
四谷御門
北
西
東
南

第一章　消えた花嫁《はなよめ》

一

　両国橋《りょうごくばし》は大八車《だいはちぐるま》がたくさん渡ってくる。両国広小路《ひろこうじ》の青物市場に葛西《かさい》からの野菜が運ばれてくるのだ。朝から強い陽射しが行き交う人々を照りつけている。今日も暑い一日になりそうだと、両国橋の橋番屋の番人は欄干《らんかん》に寄った。

　昨夜も遅くまで大川《おおかわ》は賑《にぎ》わっていた。大名家や、芸者を引き連れた豪商たちの屋形船、屋根船が浮かび、物売りや声色《こわいろ》、新内語《しんないがた》りなどの船も出ていた。

　朝のうちに見えるのは漁の船だけで、今は静かな大川に目をやって、番人はやっと思った。上流のほうからゆっくり川船が下ってくるのだが、船頭《せんどう》の姿がない。

　いや、船頭どころか、船に誰も乗っていない。空船《からぶね》だった。三日前、雷を伴《ともな》い、激しい雨が降り、大川の水嵩《みずかさ》も増した。そのせいで、どこぞでもやってあった船の綱《つな》がほどけたのか。

このまま漂《ただよ》い続けたら、漁をしている船にぶつかるかもしれない。捨ててはおけない。船頭の手を借りようと、番人は柳橋《やなぎばし》の船宿に向かった。

ここは船遊びに都合のいい場所だ。北は浅草《あさくさ》、山谷堀《さんやぼり》、橋場《はしば》へ、東は本所《ほんじょ》、深川《ふかがわ》、亀戸《かめいど》へ、西は下谷《したや》、本郷《ほんごう》、牛込《うしごめ》へ、南は日本橋《にほんばし》、八丁堀《はっちょうぼり》、芝《しば》、品川《しながわ》へ行くことが出来る。

多くの船宿が並んでいて、船頭もたくさんいる。

船着場で屋根船を掃除《そうじ》している船頭に、番人は声をかけた。

「大川に空船が浮いているんだ。このままじゃ、他の船とぶつかっちまう」

「わかった」

聞いた船頭は仲間ふたりに声をかけ、三人で猪牙舟《ちょきぶね》に乗り込んだ。船はすぐに神田川《かんだがわ》から大川に出た。

番人は取って返して、両国橋の上から空船を捜した。すでに、橋の下をくぐっていた。番人は欄干から身を乗りだし、

「下だ」

と、さっきの船頭に怒鳴《どな》った。

　三人を乗せた猪牙舟も橋の下をくぐった。番人は反対側の欄干に走った。猪牙舟は速く、たちまち船に追いついていた。番人が安心して小屋に戻ろうとすると、追いついた船から、なにやら騒ぎ声が聞こえた。

　やがて、漂流していた船を曳《ひ》いて戻ってくる。てっきりひとりが空船に飛び移り、船を漕《こ》いでくるのかと思っていたので、番人は不思議に思った。

　船着場に近づくと、船頭が叫《さけ》んだ。

「ホトケが乗っている」

「ホトケ？」

　番人は目を見開いた。

　漂流していた船が岸に引き寄せられた。

「傷《いた》みが激しい」

　と、船頭が顔をしかめた。

　番人は船の底を見る。船底には水が貯《た》まっていた。三日前の大雨のせいか、その水に背中を浸《つ》けて、男が仰《あお》向《む》けに倒れていた。喉《のど》に赤黒い傷《きず》が見えた。いやな臭いが鼻をつく。

「親分さんに見せるまで、このままにしておこう」

番人は船頭のひとりを自身番《じしんばん》に行かせた。

その間、改《あらた》めて番人は男の顔を見た。腐敗が進んでいるが、顔立ちはなんとかわかった。二十三、四歳に見え、生きていれば、色白で鼻筋も通っていただろう。若いのに、どうしてこんなことになったんだと、番人は手を合わせた。

やがて、南町《みなみまち》奉行所《ぶぎょうしょ》の同心植村京之進《どうしんうえむらきょうのしん》から手札《てふだ》をもらっている、岡《おか》っ引《ぴ》きの吾平《ごへい》が駆《か》け付けてきた。

「親分。まだホトケは船です」

番人は吾平に言う。

「よし」

吾平は船に乗り込んだ。

亡骸《なきがら》を覗《のぞ》き込もうとして、顔をしかめた。腐臭《ふしゅう》に襲われたのだろう。

「死んで何日か経《た》っているな。この暑さだ。傷みも早い」

吾平は喉の傷を確かめてから船の中を見回し、

「おい、刃物は落ちてなかったか」

と、船頭にきいた。

「へえ、なかったと思います。どこもいじっちゃいませんから」

船頭は答える。

「よし」

そこに同心が着流しの裾《すそ》を翻《ひるがえ》してやって来た。三十半《なか》ばぐらいだが、きびきびした動きだ。植村京之進だった。

「あちらの船の上です」

吾平が告げ《つ》る。

京之進も船に乗り込んで、亡骸を検《あらた》めた。

「喉の傷だが、自分で突《つ》いたか、何者かに斬《き》られたか……。得物《えもの》は見つかっているのか」

京之進が吾平にきく。

「いえ、船にはありませんでした」

「ホトケはどんな様子だったんだ？」

京之進は亡骸に目をやりながらきいた。

「莚《むしろ》がかけてあったようです」

「殺しか。この傷では、自分で莚をかけるのは難しい」

京之進の目が鈍《にぶ》く光った。

「身許《みもと》を示すものは？」

「懐《ふところ》に財布と煙草《たばこ》入れがありましたが、身許がわかるものは何も」

「船を見つけたのは？」

「橋番屋の番人だそうで」

京之進は陸《おか》に上がって、番人に近寄った。

「最初に船を見つけたのはとっつあんか」

京之進は気さくにきいた。お互い、何度も会って口をきいている。

「へい。空船だと思って」

番人は答える。

「どこから流れてきたと思うか」

「川の真ん中を流れてきました。大川は橋場やその北の石浜《いしはま》の辺《あた》りで大きく曲がっていますから、そこらから大川に出たんじゃないでしょうか」

「石浜の先か」

「へえ、以前に千住大橋《せんじゅおおはし》から身投げした男の骸《むくろ》が、やはり大川の真ん中を流れてきたことがありました」

「そうか。だんだんひとが増えてきた。野次馬《やじうま》が集《つど》ってくるといけぬ。ホトケは奉行所に連れていこう」

吾平は頷《うなず》き、大八車の手配をさせた。

定町廻《じょうまちまわ》り同心の植村京之進は、奉行所で行方知れずの届け出を調べた。年齢、そして姿を消した時期、亡骸の特徴から、指物師《さしものし》の恭助《きょうすけ》ではないかと見当《けんとう》をつけた。

届け人である指物師の親方、茂三《しげぞう》を奉行所に呼んだ。

亡骸は奉行所の裏庭にある小屋に移されていた。

腐敗の進んだ亡骸をじっと見つめていた茂三は、やがて口許を押さえ、呻き声をあげた。

「恭助……」

茂三はその場にへたり込んだ。

「恭助に間違いないのだな」

「へい。恭助です」

恭助は諏訪町《すわちょう》の裏長屋に住み、隣の駒形町《こまがたちょう》にある茂三の家の仕事場に通っていたという。指物師は木で簞笥《たんす》や箱などを作る職人である。

「去年まで内弟子《うちでし》でしたが、今年になって通いになったんです。職人として、これからだというのに」

茂三は嗚咽《おえつ》を漏らした。

「恭助に殺されるような理由はあるのか」

京之進はきいた。

「いや、恭助はおとなしくてやさしい男です。他人から恨《うら》まれることはないはずです。恭助はほんとうに殺されたのですか」

「自分で死ぬ理由はあったのか」

「いえ」

茂三は首を横に振ってから、

「ただ、近頃は何か屈託《くったく》があるようでした」

「屈託？」

「悩んでいるような……。でも、それほど深刻な様子ではなかったように思えます。仕事はしっかりこなしていましたし」

「恭助がいなくなったのは六月五日だったな」

京之進は確かめる。

「そうです」

「前の日の様子はどうだったのだ？」

「何か吹っ切れたような様子でした。ですから、安心していたのですが、次の日、昼を過ぎても顔を出さなかったんです。具合でも悪くなって寝込んでいるんじゃないかと心配になって、うちの奴を長屋まで見に行かせたんです。そしたら、姿が見えず……。隣のひとにきいたら、昨夜《ゆうべ》は帰っていないようだと」

「帰っていない？」

「はい。そう言っていたそうです」

「つまり、恭助は四日の夜から姿を消しているのだな」

「はい。そうなります」

「おまえさんのところから帰るときはどうだったのだ？」

「へえ。特に変わったようなことは……」

茂三は首を傾《かし》げて言う。

「そうか。あとで、他の弟子にも話をきいてみたい」

「へい」

茂三は頷いてから、

「あの、恭助を連れて帰ってよろしいでしょうか」

「構《かま》わぬ。懇《ねんご》ろに葬《とむら》ってやることだ。どこに運ぶか、長屋の大家《おおや》と相談したほうがいいだろう」

「はい。そういたします。これからいったん帰って支度《したく》をして参ります」

茂三はもう一度手を合わせて、恭助の亡骸から離れた。


それから、京之進は石浜に向かった。橋番屋の番人の考えに従って、岡っ引きの吾平が手下を連れて、大川の上流、橋場から石浜の聞き込みに行っている。

恭助は四日の夕方、親方の家からいったん長屋に帰り、すぐ出かけたという。どこに何の用かはわからないが、乗っていた船が石浜の先から流れてきたと思われるので、そちらから探索をはじめた。

今頃は、夜とはいえ、夕涼《ゆうすず》みで多くのひとが外に出ており、恭助を見た者がいるかもしれない。

今戸《いまど》を過ぎ、橋場を抜けて、石浜神社の前で吾平たちと会った。

「旦那《だんな》」

吾平が駆け寄ってきた。

「何かわかったか」

「へい。この先に小さな朽《く》ちた小屋があって、その裏手の大川端《ばた》に古い船が捨てられていたそうです。今、行ってみたら、その船がなくなっていました」

「よし、案内してくれ」

「へい」

京之進は吾平のあとに従った。

周囲は田畑だ。上流に目を向けると、大川はこの辺りから大きく曲がっているのがわかる。その先に千住大橋が見えた。

「身許がわかった。指物師の恭助という男だ」

京之進は吾平に話して聞かせた。

「恭助は二十三歳。真面目で、やさしい男だったそうだ。一年ほど前まで、茂三という親方の内弟子だったが、今は諏訪町の長屋に住んで親方のところに通っている。今月の四日の夕方にいったん長屋に帰り、すぐまた出かけたようだ」

「誰かと会うためでしょうか」

「そうであろう。相手が死神とも思いもせず……」

京之進は哀《あわ》れむように言う。

「殺されたのは四日でしょうか」

「四日の夜か五日であろう」

やがて朽ちた小屋に着いた。裏手に回るとすぐに川っぷちだった。草木が繁《しげ》っている。その葉に隠れるように小さな桟橋《さんばし》があった。杭《くい》にもろくなった綱が結《ゆ》わいてある。

「三日前の大雨で、水嵩が増していました。そのせいで、杭にもやっていた船が大川に流されてしまったんでしょうか」

吾平が想像を口にした。

「おそらくそうだろう」

京之進は応じてから、そこを離れた。

小屋に向かう。見かけもおんぼろな建物だ。あちこち壁板が剥《は》がれ、屋根の板もところどころなくなっていた。

吾平が軋《きし》む戸を開けた。中に入ると、剝がれた壁板の隙間《すきま》や破《やぶ》れた屋根から陽光が射《さ》し込んで明るかった。

錆《さ》びついた鍬《くわ》が隅に転がっている。

「百姓が休む小屋として使っていたのだろう」

　京之進はそう言い、小屋の中を見回した。板敷きの間に黒い染《し》みがあった。京之進が近付き、指でこする。

「血のようだ」

「じゃあ、ここで恭助は殺された……」

「そうかもしれねえ」

「ここで何があったのでしょうか」

「そもそも、なぜ恭助はこんなところまでやって来たのか。あるいは、何者かに連れてこられたのか」

　京之進は首をひねったが、

「恭助の姿を誰かが見かけているかもしれない。聞き込みをかけるのだ」

「へい」

　外に出ると、強い陽射しが降《ふ》り注《そそ》ぐが、川風は爽《さわ》やかだ。このような場所で、なぜ恭助は殺されなければならなかったのか。

　のんびりした風景を見渡すと、千住大橋が京之進の目に入った。その手前には小塚原《こづかつぱら》の刑場があるはずだった。

　のどかな場所と隣り合わせに死への入り口がある。暗い夜道を、たったひとりで黙々《もくもく》と歩いている恭助の姿が目に浮かんだ。

二

朝から油蟬《あぶらぜみ》の鳴く声がかまびすしい。庭の樹に留まっているようだ。いかにも暑さを覚えるような鳴き声だった。そのうち、別のところからも鳴き声が聞こえ、互いにつられるように重なった。

「そういえば、青柳《あおやぎ》さま」

髪を梳《と》かしながら髪結いが、蟬の鳴き声に負けないように少し声を高めて言った。

毎朝髪結いがやって来て月代《さかやき》と髭《ひげ》を当たってくれるが、それだけでなく世間の噂《うわさ》も運んできてくれる。

髪結床《どこ》には毎日ひとが集まり、いろいろな話が飛び交《か》う。それを拾《ひろ》って届けてくれる髪結いは、八丁堀の与力《よりき》・同心にとって、世情を知るためにも不可欠だった。

「大伝馬町《おおでんまちょう》にある木綿《もめん》問屋の『川田屋《かわたや》』で、花嫁《はなよめ》が消えたって話はご存じですかえ」

「花嫁が消えた？　どういうことだ？」

　南町奉行所の風烈廻《ふうれつまわ》り与力、青柳剣一郎《けんいちろう》はきき返した。

「へえ。今月の六日、『川田屋』で祝言《しゅうげん》があったそうで。花嫁は浅草田原町《たわらまち》の『大島屋《おおしまや》』の娘で、祝言の最中に気分を悪くして奥の部屋にいったん下がったあと、いつまでも戻ってこないので花婿《はなむこ》が様子を見に行ったら、部屋にいなかったと。部屋の中には、花嫁衣装が脱ぎ捨てられていたそうです。それだけなら、花嫁が部屋を脱け出したということになるのですが」

　髪結いは息を継いでから続けた。

「じつは、部屋の前には『川田屋』の女中と小僧、それに『大島屋』から花嫁の世話についてきた女中の三人が控えていました。その三人ともが部屋から誰も出なかったと言っているそうです」

「他に出入り口は？」

「なかったようで。窓もない部屋だったとか」

「妙だな」

　剣一郎は首をひねった。

「じつは、奇妙なのはそれだけではないのです」

髪結いは意味ありげにさらに続けた。

「花嫁がいなくなった部屋の正面の壁に、掛け軸《かじく》がかけてあったのですが……鋭《するど》い爪《つめ》で娘を摑《つか》んでいる鬼が描かれているそうで」

「鬼となﾞ?」

「はい。なんでも、『鬼一口《おにひとくち》』と呼ばれる鬼とか」

「おにひとくち?」

剣一郎は小さく頷き、

「鬼一口とはひとを一口で食べてしまうという鬼だ。『伊勢物語《いせものがたり》』にもこの鬼が出てきた。確か、『芥川《あくたがわ》』の段だ」

「よくご存じで。『川田屋』は知り合いの骨董《こっとう》屋からその掛け軸を買い求め、部屋に飾っておいたそうです。魔除《まよ》けになると勧《すす》められて」

「まさか、花嫁は掛け軸の中の鬼に喰われた、とでも言うのではないだろうな」

剣一郎は冗談まじりに言う。

「その、まさかで。『川田屋』のひとたちは本気で花嫁が鬼一口に喰われてしまったと思い込んでいるそうです」

「ばかな」

剣一郎は苦笑した。

『伊勢物語』の『芥川』の段は、身分違いの恋をした男が、女を連れて駆け落ちする話だ。追手から逃げる途中、突然の豪雨に襲われ、見つけた蔵の中に女を匿《かくま》い、男は一晩中、戸口で見張りをすることにした。そして、朝になって蔵の中に入ってみると、女の姿はなかった。じつはそこは鬼の住処《すみか》で、女は鬼に一口で食べられてしまった……。そんな逸話《いつわ》が和歌とともに描かれている。

「で、花嫁はその後、見つかっていないのか」

「はい。わからないようです」

「そうか」

鬼の仕業《しわざ》かはともかく、花嫁が消えてしまったことは事実のようだ。

「へい、お疲れさまでした」

髪結いの声に、剣一郎は我に返った。

「ごくろう」

髪結いは道具を片づけて引き上げた。

いきなり、庭先から声がきこえた。

「花嫁が消えたってほんとうですかねえ」

太助《たすけ》だった。

「聞いていたのか」

「へえ、すみません。気になりますね」

「詳しいことはわからぬが、なんとも不思議な話だ」

剣一郎は胸騒ぎを覚えた。

「太助。祝言の場にいた者に話を聞いてくれぬか。もしかしたら、すでに花嫁は見つかっているかもしれぬが」

「へい」

太助は弾《はず》んだ声で言い、庭を出て行った。猫の蚤《のみ》取りや、逃げた猫を探すことを生業《なりわい》にしているが、太助は剣一郎の役に立てるということがうれしいようだ。

剣一郎は奥の部屋に行き、妻女の多恵《たえ》に手伝ってもらいながら着替えた。

継裃《つぎがみしも》に仙台袴《せんだいばかま》の出で立ちで、剣一郎は挟箱《はさみばこ》持ち、草履《ぞうり》取り、槍持ちを従えて八丁堀の屋敷を出、数寄屋橋御門《すきやばしごもん》内の南町奉行所に出仕《しゆつし》した。

与力部屋に着き、着流しに着替えたところで、見習いの与力がやって来て、

「青柳さま。宇野《うの》さまがお呼びにございます」

と、告げた。

「わかった。ご苦労」

剣一郎は立ち上がって、年番方《ねんばんかた》与力の部屋に向かった。

宇野清左衛門《せいざえもん》は金銭面も含めて奉行所全般を取り仕切っている一番の実力者であり、やるべき仕事も多いため、いつも早くから出仕してくる。

部屋に入ると、文机《ふづくえ》に向かって書類を見ていた。

「宇野さま」

剣一郎は声をかけた。

清左衛門は振り返った。

「青柳どの。これへ」

「はっ」

剣一郎は近づいた。

「何かございましたか」

剣一郎は風烈廻り与力であり、風の強い日には火事の用心や付け火などの不逞《ふてい》の輩《やから》を警戒する役目を負っているが、定町廻り同心の手に余る難事件が起きると、清左衛門から特命を受けて、探索の手伝いをしてきた。

きょうの呼び出しも、それであろうと思ったのだが、今難しい事件が起きているとは聞いていなかった。

まだ決着していないのが、植村京之進が受け持っている職人殺しの一件だ。探索が難航しているようだが、わざわざ剣一郎が出て行くほどではないように思える。

清左衛門はいかめしい顔を向け、

「じつは、まず仕事ではないのだが」

と、困惑したように言う。

「なんでしょう」

剣一郎は用件に想像がつかなかった。

「うむ」

清左衛門は頷き、

「先日、西国《さいごく》、白岡《しらおか》藩の倉木肥後守《くらきひごのかみ》さまより文《ふみ》が届いてな」

「ほう、倉木さまから」

十七万石の白岡藩主倉木肥後守孝康《たかやす》のことである。

「倉木さまは去年、家督《かとく》を長男に譲《ゆず》られ、隠居されたそうだ」

「そうでしたか。倉木さまは確か五十歳。まだまだ、ご活躍出来ますでしょうに」

　剣一郎は縁あって知り合った、気品に満ちた殿さまの顔を思い出して言った。

「そうだの。だが、嫡男《ちゃくなん》が倉木さまが家督を継いだ時と同じ、二十五歳になったら隠居をする、と決めていたそうだ」

「そうでございましたか」

「隠居し、暇も出来たので、ご自身が身をもって味わったこと、見聞きしたことを随筆《ずいひつ》とまではいかなくとも覚書《おぼえがき》として残しておこうと書き進められているそうだ」

「よいお考えで。後世《こうせい》の人々へのよき贈り物になりましょう」

　剣一郎は称《たた》える。

「そこで、青柳どのと関わったことを記したいが、少し忘れているところがあるので話をききたいと仰《おつしや》っていてな」

「そうでございますか。おそらく、旗本《はたもと》の北川主善《きたがわしゅぜん》さまとの揉《も》めごとの件でございましょう」

十年ほど前、大身《たいしん》の旗本北川主善の知行地《ちぎょうち》と白岡藩の在方《ざいかた》は隣接していて、常に境界争いが起きていた。そんな中、深川の仲町《なかちょう》の料理屋でたまたま鉢《はち》合わせた両家の家来同士が、斬り合いになった。止めに入った料理屋の番頭が巻き添えとなって死亡するという事態になった。

市井《しせい》の者が死んだのであり、南町が探索に乗りだした。武士の果たし合いではない。料理屋で刀を抜き合い、番頭を斬ったのは両者に責任があるとし、両家の家来を取り調べることになった。

互いに番頭を斬ったのは相手側だと言い張って譲らず、両家とも下手人《げしゅにん》を差し出すことを拒《こば》んだ。

そこで、両家の説得に剣一郎が当たることになったのだ。調べの結果、北川主善の家来が番頭を斬ったことがわかった。しかし、北川主善は譲らなかった。あくまでも自分の家来は悪くないと強弁した。そこで、いくつかの証《あかし》を示し、その上で件《くだん》の家来を問い詰めて、ついに白状させた。さらに、最初に因縁《いんねん》をつけたのも北川家の家来だと判明し、非は北川家側にあることがわかった。

だが白岡藩主倉木肥後守は、当方の家来も刀を抜いたのは事実、料理屋で斬り合いになれば誰かを巻き添えにする危険があった、我が家来も同罪だ、と言ったのだ。さらに、そもそもこのような事件が起こったのも土地争いが因《もと》であるとして、白岡藩のほうから妥協案《だきょう》を北川家に差し出した。

北川家の領民が越境して開墾《かいこん》をはじめたところは荒れ地であり、そこを開墾した者が使うのは当然である。ただし、公儀《こうぎ》から与えられた領地の範囲をみだりにいじることは出来ないので、越境した土地は白岡家が北川家に無償で永久に貸し与えることとする。そういう内容だった。

北川家にとって、否《いな》やはなかった。

「しかし、私に聞くまでのことはないと思いますが」

剣一郎は首をひねった。

「南町の調べたことまで書いておきたいのではないか」

「思い出すにつけ、肥後守さまの度量《どりょう》の大きさに心打たれます。なにより驚いたのは、領地をただで貸し与えると決めた肥後守さまのお考えに、誰も異を唱《とな》えなかったことです。自分たちが損することであっても、肥後守さまの決めたことに従う。いかに、家臣や領民に信頼され、慕《した》われていたか」

「うむ。さらに、大胆な藩の改革を行ない、財政を立て直した手腕は見事という他ない」

「名君《めいくん》とはあのようなお方のことを言うのでしょう。私も久方ぶりに殿さまにお会いするのが楽しみです」

「今、倉木さまは中屋敷におられる。さっそくお返事を認《したた》めておこう」

「はっ、よろしくお願いいたします」

剣一郎が下がろうとしたとき、

「青柳どの」

と、清左衛門が呼び止めた。

剣一郎は座り直した。

「花嫁が祝言の最中に消えたという噂を知っているか」

「宇野さまのお耳にまで。私は今朝、髪結いから聞いたばかりです」

「瓦版《かわらばん》も取り上げているようだ。鬼に喰われたなどとまことしやかに広まっては、そこに付け入り人心《じんしん》を乱すような、よからぬ者が出てくるやもしれぬ」

「花嫁の探索願いは出ていないのですか」

剣一郎は確かめる。

「そのうち見つかると呑気《のんき》に構えているのか、世間体を考えてか、願い出ていないようだ。単なる家出だとしたら奉行所の出る幕はないが……」

「わかりました。少し調べてみます」

そう言い、剣一郎は清左衛門の部屋を後にした。

与力部屋に戻ると、風烈廻り同心の礒島源太郎《いそじまげんたろう》と大信田新吾《おおしだしんご》が待っていた。

「青柳さま。これから見廻りに出かけます」

源太郎が言った。

「そうか。炎天下《えんてんか》にごくろう。気をつけてな」

「はい」

だが、ふたりはなかなか立とうとしない。

「どうした、何かあるのか」

剣一郎はきいた。

「ええ」

ふたりは顔を見合わせたあと、今度は新吾が口を開いた。

「じつはきのうの見廻りで、大伝馬町の『川田屋』の女中が私たちを見つけて駆け寄ってきて、青柳さまにお願いがあると」

「『川田屋』というと、花嫁が消えた件か」

「はい、さようで」

新吾は頷いてから、

「その女中は花嫁が休んでいるはずの部屋の前にいたのだそうです。その部屋の中から花嫁が消えてしまったので気味悪がっておりました」

「ことに、その部屋には『鬼一口』が描かれた掛け軸がかかっていたことから、よけいに恐怖を覚えているようです」

源太郎が続けて付け加えた。

「そうか。ちょっと深刻かもしれぬな」

剣一郎も捨てておけないと思った。

「宇野さまからも言われた。やはり、調べてみる必要がありそうだな」

剣一郎はそう言ってから、

「その女中の名は聞いたか」

と、ふたりの顔を交互に見た。

「お民《たみ》です」

「よし、会ってみよう」

「でも、ひとを喰らうような鬼がほんとうにいるのでしょうか」

新吾が真顔できいた。

「ひとがいなくなれば、神隠しとか天狗《てんぐ》にさらわれたとも言いますが、鬼に喰われたなんて」

源太郎は眉《まゆ》をひそめた。

妙な噂が流れ、人心を惑わすようなことがあっては世の不安を招く。それに乗じて邪《よこしま》な考えを抱《いだ》く輩が出てこないとも限らない、という宇野清左衛門の危惧《きぐ》は的外《まとはず》れではないだろう。

礒島源太郎と大信田新吾が見廻りに出かけたあと、剣一郎も腰を上げた。

三

四半刻（三十分）後、剣一郎は大伝馬町の『川田屋』の店先に立った。

漆喰《しっくい》の土蔵造りで、屋根に木綿と書かれた看板、店先には川田屋と染め抜かれた紺の大きな暖簾《のれん》がかかっている。なかなかの大店《おおだな》だった。

広い土間に入って見回すと、店座敷で客に応対している主人らしき恰幅《かっぷく》のよい男が目に入った。あれが主人の角右衛門《かくえもん》だろう。

番頭《ばんとう》らしき男に声をかける。

「主人に会いたいのだが」

「これは青柳さまで」

剣一郎の左頰《ほお》にある青痣《あおあざ》に気づいたのだろう。与力になったばかりの頃、押込み事件があり、剣一郎はその押込み犯の中に単身乗りこんで、賊を全員退治した。そのとき頰に受けた傷が青痣として残った。その痣はいつしか正義と勇気の証《あかし》となり、ひとびとは畏敬《いけい》の念をこめて、剣一郎のことを青痣与力と呼ぶようになった。

番頭はあわてて頭を下げ、

「ただいま」

と言って、角右衛門のもとへ向かう。

耳元で何か囁《ささや》く。角右衛門は客の応対を番頭と代わり立ち上がった。

剣一郎は上がり框《がまち》に近づいた。

「主《あるじ》の角右衛門でございます」

角右衛門がやって来て挨拶《あいさつ》をする。

「花嫁が消えたという噂を聞いた」

剣一郎が切り出すと、角右衛門は表情を曇《くも》らせた。

「噂が広まっていますか」

「そのことで詳しい話を聞きたいのだが」

「わかりました。どうぞ、あちらからお上がりください」

剣一郎は奥につながる通路に向かい、そこから板敷きの間に上がり、角右衛門の案内で内庭に面した客間に入った。

差し向かいになって、剣一郎は改めて口を開いた。

「花嫁が消えたというのはほんとうなのか」

「はい……」

普段は貫禄《かんろく》を感じさせるだろうその顔は、不安と心労からか、少しやつれて見える。

「いまだに消息《しょうそく》はわからないのか」

「わかりません」

「詳しく聞かせてくれ」

「畏《かしこ》まりました」

角右衛門は沈んだ声で話しだした。

「倅《せがれ》の角太郎《かくたろう》と浅草田原町にある履物《はきもの》問屋の『大島屋』さんの娘お染《そめ》との縁組《えんぐみ》が

整い、この六日に当家での祝言が行なわれました。その日の夜に花嫁の一行が『川田屋』に到着し、祝宴がはじまったのでございますが、三三九度《さんさんくど》の杯《はい》を済ませてしばらくしてから、花嫁のお染が気分が優《すぐ》れないと言い出したのです。それで、角太郎が奥の部屋に連れて行き、女中に付き添わせてそこで休ませ、自分は宴席に戻って参りました」

剣一郎は黙って聞いている。

「それから半刻（一時間）ほどして、角太郎が様子を見に行ったら、部屋にお染の姿はなく、花嫁衣装が脱ぎ捨てられてあったと。そして大騒ぎになって……」

「部屋を脱け出た形跡《けいせき》はなかったのか」

「はい。出入口は廊下に面した襖《ふすま》だけです。そこに女中ふたりと小僧が控えておりました。三人とも、花嫁は部屋から一歩も出ていないとはっきり言っています」

「そうか」

剣一郎は首を傾げてから、

「その部屋に、『鬼一口』の画が飾ってあったそうだが」

「はい。少々お待ちください」

角右衛門は手を叩《たた》いた。

女中がやって来た。

「角太郎に、例の掛け軸を持ってここに来るようにと」

「はい」

女中は下がった。

「花嫁のお染とはどのような女子《おなご》であったのか」

「はい。『大島屋』さんの長女で、美しい娘でした。いい縁に恵まれたと喜んでいたのですが」

「角太郎とお染との馴《な》れ初《そ》めは?」

「倅がお染を見初《みそ》めまして。じつは『大島屋』さんの主人と私は『風雅《ふうが》の宴《うたげ》』でよくお会いしておりましたので、話はとんとん拍子に進みました」

「『風雅の宴』というのは?」

「栽培した草花、浮世絵《うきよえ》、骨董品など、自慢の品物を持ち込み、それらを鑑賞しながらささやかな宴席を行なう集まりです。主宰《しゆさい》は須《す》田町《だちよう》にある骨董屋『文古《ぶんこ》堂《どう》』の亭主です」

「ひょっとして、『鬼一口』の画は『文古堂』から手に入れたものか」

「はい、さようでございます」

「なぜ、あのようなものを座敷に？」

「文古堂さんが言うには、災《わざわ》いを喰うという言い伝えがあるとか。つい最近ゆずってもらい、あの部屋に飾っておりました」

「災いを喰う鬼か。そのような言い伝えがあることを、寡聞《かぶん》にして知らなんだが」

剣一郎は呟《つぶや》いてから、

「ところで、お染がこっそり『大島屋』に帰っているということはないか」

「そうであれば、誰かに見つかるはずです。大島屋さんもただただ悄然《しょうぜん》としています」

そのとき、足音がして部屋の前で止まった。

「失礼します」
二十七、八と思える細面《ほそおもて》の男が廊下に腰を下ろして言う。色白のせいか、髭の剃《そ》りあとが青々しい。きびきびとした動きが育ちの良さを感じさせた。
「こっちへ」

角右衛門は部屋に招き入れて、

「倅の角太郎です」

角太郎も頭を下げた。

「青柳さまに、それをお見せして」

「はい」

角太郎は丸めてある掛け軸を開いて見せた。

剣一郎は手にとって見た。鬼が口を開けている。指の爪が長く伸び、頭には角《つの》が生えている。

小さく文字が書いてあった。和歌だ。

白玉か　何ぞとひとの　問ひしとき　露と答へて　消えなましものを

『伊勢物語』の『芥川』の段だ。

昔ある男が、身分違いで添い遂げられない女を連れ出して逃げた。芥川までやってきて、女が草の上のきらきら輝く露《つゆ》を指して、「あれは白玉か」と訊《たず》ねた。そのときに、「夜露」ですと答えて、露のごとく自分が消えていたら、こんな悲しい目に遭《あ》いはしなかったのにと男が詠《よ》んだ和歌だ。

その後、男は傍《かたわ》らの茅屋《ぼうおく》に女を隠し、自分は戸口にて追手を見張った。夜が明けて、男が中をみると女の姿はなかった。

そこは鬼の住処で、鬼が一口で女を喰ってしまったことを知って、男は嘆《なげ》き悲しんだという内容だ。

「角太郎どのはこの逸話を知っていたのか」

剣一郎はきいた。

「いえ、知りませんでした」

角太郎は首を横に振る。力のない声だ。

「花嫁は三三九度が済んでしばらくして、気分が優れないと言ったそうだが、そのときの花嫁の顔色はどうであった？」

「白塗りでしたが、とても辛《つら》そうでした。寒けがするとも訴えて。ですから、すぐに休ませたのです」

「体は丈夫なほうではなかったのか」

「いえ、そんなことはなかったと思います。大勢の皆さま方に注目されて、頭に血が上ってしまったのではないかと」

「芝居のようには思えなかったか」

「いえ、ほんとうに苦しそうでした。それに、そんなことで芝居をする必要なんか……」

　角太郎は少しむきになって言う。

「それで、そなたが奥の部屋に連れて行ったのか」

「はい。『大島屋』の女中が心配してついてきましたので、その者といっしょに部屋に入りました。うちの女中にも世話を頼み、私は皆さまの前に戻りました」

「迎えに行ったとき、部屋の前には女中と小僧がいたのだな」

「はい。三人は部屋を見守っていました」

「部屋には皆で入ったのか」

「いえ。最初は私ひとりです。行灯《あんどん》の明かりが消えて真っ暗でした。お染さんと声をかけましたが、返事はありません。それで、女中を呼んで灯《ひ》を点《つ》けさせました。そしたら、花嫁衣装が脱ぎ捨てられていて、お染さんはどこにも……。手代や下男たちと庭や店の周囲を捜しましたが、姿はもちろんどこにも手掛かりはありませんでした」

　角太郎はその時の様子を思い浮かべたのか、大きなため息を漏らした。

「それからはたいへんでございました。騒ぎを聞きつけ、皆が駆け付けてきて」

角右衛門が口を挟む。

「皆が駆け付けた？」

「はい。番頭が騒ぎを知って、私に知らせに来たのです。それで、親戚の者や親しい者も知ることとなり……。もう、祝言の席はめちゃくちゃでした」

角右衛門は苦しそうに顔を歪《ゆが》めた。

「花嫁がいなくなったのを、皆はどう思ったのだろう？」

「皆、不思議がっていました。さっきは三三九度の杯を酌《く》み交わしたのを見ていたんですから」

「なぜ、鬼に喰われたという話になったのだ？」

「はい。お客さまの中に、『鬼一口』の逸話をご存じの方が何人かいらっしゃいまして。なにしろ、俳諧《はいかい》の師匠や儒者《じゅしゃ》、絵師なども招いていましたので」

「なぜ、俳諧の師匠らが？」

「『風雅の宴』の仲間です。ぜひ、お祝いをしたいと仰っていただいたのです」

「そうか」

剣一郎はだいたいの話を聞いてから、

「すまぬが、その部屋へ案内してくれぬか」

と、頼んだ。

「はい。私が」

角太郎は立ち上がった。

廊下に出て、突き当たりを左に曲がった奥が問題の部屋だった。

部屋の前に立ち、剣一郎はきいた。

「女中たちはこの廊下で控えていたのか」

「そうです」

そう言い、角太郎は襖を開けた。

むっとするような熱気に襲われた。窓のない部屋だ。家具も何も置いていない。正面の壁には何もなかった。

「あそこにさっきの掛け軸がかかっていたのか」

剣一郎は確かめる。

「そうです」

「なぜ、窓もないこの部屋に花嫁を通したのだ?」

剣一郎は疑問を口にした。

「当日はお客さまが多くいらっしゃり、お泊まりになるお方も多く、ここしか使える部屋がなかったのです」

「花嫁の控えの間は？」

「ひとの出入りがあるので、落ち着かないから、お染さんもここのほうがいいと」

「なるほど」

剣一郎は答えてから、

「しかし、ここは風通しも悪く、暑かったのではないか」

「はい。寒けがすると言っていたので、この部屋がちょうどよかったのでしょうが、そのうち暑くなって着物を脱いでしまったのかとも」

「しかし、なぜ女中を呼ばなかったのか。襖を開ければ風も入ってこよう」

「わかりません」

角太郎は辛そうに顔をしかめた。

剣一郎は天井を見上げた。板の隙間を見つめ、それから刀の鞘《さや》の先で板を軽く突いてみた。が、板は動かない。天井板を外したような形跡は見つけ出せなかった。

次に畳を見る。畳を上げたら埃《ほこり》や擦《す》れた跡があるかもしれないが、騒ぎから七日ほど経っていて、不審なものを見つけることは難しかった。

剣一郎はもう一度、天井に目をやった。そして、頷いた。天井から消えたのではないと考えた。

「庭に出てみたい」

剣一郎は角太郎に言った。

「はい。どうぞ」

廊下に出て、庭下駄《げた》を履《は》いて、剣一郎は庭に出た。そして、縁側の床下に目をやる。さっと見た限りにおいてはひとが潜《もぐ》り込んだ形跡はなかった。別の場所から床下に入ったかもしれず、まだ考えはまとまらなかった。

濡縁《ぬれえん》に上がった。

もう一度、さっきの客間に戻って、

「お染の友達や知り合いなども、居場所を知らないのか」

と、角太郎に確かめた。

「はい。誰も知りません」

角太郎が答える。

角右衛門もやって来て、再び三人になった。

「なぜ、探索願いを出さなかったのだ？」

「ひょっとしたら、すぐ見つかるのではないかと思ったのです。それと……」

角右衛門は言い淀《よど》んだ。

「世間体か」

「はい。花嫁が消えたなんて格好の噂の種ですから。でも、今になってもお染は見つからず、噂が広まって」

角右衛門は顔をしかめ、

「大勢のお客さまに来ていただきました。その方々がお知り合いに話すことは当然ですし、噂になることはわかっていたのですが、ただ……」

「ただ、何か」

言葉を探す角右衛門を促す。

「ただ、その噂のおかげで客足が伸びました。皆さん、話が聞きたいようで」

角右衛門は苦笑した。が、すぐに真顔になり、

「ですが、やはり失ったものははるかに大きい。せっかくいい嫁が来てくれると思っていましたのに。倅も、お染には……」

角右衛門は言葉を詰まらせた。

角太郎は唇《くちびる》を噛《か》んでいる。見初めた嫁は姿を消し、良からぬ噂まである。忸《じく》怩《じ》たる思いなのだろう、と慮《おもんぱか》った。

「青柳さま、何かおわかりでしょうか」

角右衛門が縋《すが》るような目できいた。

「掛け軸の中の鬼に喰われたなどとはありえぬことだが、さりとてお染が消えた方法も想像がつかぬ」

剣一郎は率直に答えた。

「ただ、不可解な事柄の説明は必ずつくものだ。今度は、部屋の前にいた女中に話を聞きたい。呼んでもらえぬか」

剣一郎はどちらへともなく言う。

「わかりました」

また、角右衛門は手を叩いた。

さっきの女中がやって来た。

「お民を呼んでおくれ」

角右衛門が言う。

「はい」

女中は下がっていった。

「奉公人に動揺はないのか」

「不安があるようですが、なんとか……」

「そうか。それはよかった」

足音がして、丸顔の女中がやって来た。二十をいくつか過ぎたように見える。

「お民。花嫁が消えた件で、青柳さまがおまえにききたいことがあるそうだ」

「青柳さまが？」

お民は緊張したように顔を強張《こわば》らせた。

「入りなさい」

角右衛門が勧《すす》める。

「はい」

お民が部屋に入ってきた。

「おふたりには座を外していただきたい」

剣一郎は角右衛門と角太郎の顔を交互に見た。

「わかりました」

ふたりは客間を出て行った。

「そなたがお民か」

「はい。ひょっとして、きのう私が頼んだからでしょうか」

「そうだ。配下の者から聞いた」

「はい。まさか、青柳さまがほんとうに来てくださるなんて」

お民は声を上擦《うわず》らせた。

「ところで、花嫁がいなくなった件だが、そなたはずっと部屋の前にいたのか」

「はい。おりました」

「一度もその場を離れていないのか」

「はい。見守っていた三人は誰もそこを離れていません」

「部屋の中から何か物音がしたとか、話し声のようなものが聞こえたとか、何か変わったことはなかったのか」

「はい。部屋の中は静かだったので、お休みになられているのかと」

お民は畏まって答える。

「角太郎がやって来たのは、半刻近く経ってからだそうだが」

「はい。そうでした」

「そのとき、最初は角太郎がひとりで部屋に入ったのだな」

「はい。すぐに若旦那《わかだんな》が部屋から顔を出して、部屋が真っ暗だから灯を点けてくれと言いました」

「そのときの角太郎の様子は？」

「落ち着かれていました」

「そうか。それで、部屋に入ったのか」

「はい」

「明かりが灯ったあと、そなたの目に真っ先に飛び込んだのは何か」

「真っ白な花嫁衣装でした。でも、なぜ脱ぎ捨ててあるのだろうと、不思議に思いました。まだそのときはお姿が消えたことに気づいていなかったので」

「あの部屋の出入り口は廊下に面した襖だけだな」

「そうです。他にありません。もともとは納戸《なんど》部屋だったのですが、納戸は他に移り、そこだけ使っていなかったのです」

「では、物は何も置いていなかったのか」

「はい」

「角太郎に呼ばれて部屋に入ったときも、部屋には何もなかったのだな」

「はい。何も……」

途中で、お民は首を傾げた。

「どうした？」

「いえ、確かに何もありませんでした。部屋の隅に、白無垢《しろむく》の着物が脱ぎ捨てられていて。ただ……」

「ただ、なんだ？」

「はい。部屋の隅の暗がりに何かがあったような。いえ、気のせいかもしれません」

「どのようなものだ？」

「風呂敷包みのような気が……。でも、はっきりしません。すぐ皆さんが駆け付けてきて、それどころではなかったので」

「そうであろうな」

仮に何かがあったとしても、大きなものでなければ、あまり意味をなさない。たとえば、柳行李《やなぎごうり》か長持ちなどが置いてあれば、中に人を隠すことが出来るが……。

剣一郎はさらに聞いた。

「窓がなく、風も入ってこない。暑かったのではないかと思うが、花嫁はどうだったのだ」

「『大島屋』さんから来た女中さんに、花嫁さまは暑くはないでしょうかときいたら、寒けがするので気にならないと仰っていたと」

「『大島屋』の女中が、最初は花嫁と部屋の中にいたのだな」

「はい。そうです」

「そなたはどうして部屋の前に座ることになったのだ？」

「部屋の前を通りかかったところ、ちょうど出てこられた若旦那が、今『大島屋』の女中が付き添っているが、何かあるといけないのでここにいてやってくれと仰られたのです」

「それで、小僧とふたりで部屋の前に？」

「はい。部屋の前に座っていると、『大島屋』さんの女中が襖を開けて出てきて、ひとりにしてくれと言われたと言い、私たちといっしょに見守ることになりました」

「壁に鬼の画の掛け軸がかけてあったが、知っていたか」

「いえ、知りませんでした。あとで騒ぎになったとき、どなたかが画を見て、『鬼一口』ではないかと叫んだので、はじめてその画がそういうものだとわかりました」

お民は肩をすくめたあと、

「ほんとうに鬼が花嫁を食べてしまったのでしょうか」

と、怯《おび》えたような目を向けた。

「そなたはどう思うのだ？」

「鬼が喰うなんて。それに、画の鬼がぬけ出てきたなんて信じられません」

「画の鬼がぬけ出てきた？　誰かがそんなことを言っていたのか」

「はい。そんな噂が広まっています」

「信じていないのだろう？」

「はい。でも、いまだに花嫁さまが見つからないと、なんとなく……」

「なんとなく信じるようになったと？」

「わかりません」

お民は混乱したように言い、

「青柳さま、お願いです。花嫁さまが消えたわけを探ってください。そうでないと、なんだか薄気味悪くて」

「そうであろう。必ず明らかにする」

「ありがとうございます」

「いっしょにいた小僧はなんという名だ?」

「市松《いちまつ》です」

「市松はいくつだ?」

「十二歳です」

「そうか。今後も、そなたに話を聞くかもしれぬ」

「わかりました。では、失礼します」

お民が出て行って、しばらくして角右衛門がやって来た。

「青柳さま。いかがな感想をお持ちになったでありましょうか」

「なかなか難しい。ところで、『鬼一口』の掛け軸だが、なぜ、あの部屋にかけてあったのだな。魔除けであれば、神棚に置くほうがよかったのではないか」

「文古堂さんが、鬼門《きもん》の丑寅《うしとら》(北東)の部屋にかけておくほうがいいと仰っていたので」

「そんな考えがあるのか」

「はい、そのようです」

「あの部屋は鬼門にあたるのか。それでは、具合の悪くなった花嫁をなぜあの部屋に？」

「災いを避けるということですし、あの部屋しか空いていなかったのです」

「なるほど」

「このことは今度どうなるので？」

角右衛門はきいた。

「ひとひとりが忽然《こつぜん》と消えてしまったのだ。この件は奉行所としても調べを進める」

「そうですか。で、いつ頃までにはっきりするのでしょうか」

角右衛門は窺《うかが》うようにきいた。

「なかなか難しい。ひと月を目処《めど》に考えてもらおうか」

剣一郎は答えてから、

「なぜ、期限を気にする？」

と、きいた。

「じつは、今度の件で私どもの祝言の支度《したく》がすべてだめになり、宴席もだいなしで、かなりの痛手を被《こうむ》りました。なにより、一番に傷ついたのは角太郎でございます。もう、お染が戻ってこないのなら、一刻も早くお染のことを忘れ、新しい道に進ませたいと」

「そなたは、もうお染は戻ってこないと？」

「なんとなく、そんな気がしてなりません。無事でいるなら、実家に何らかの知らせが届くのではないでしょうか。しかし、それもないのです」

「あいわかった。ひと月はまだお染が戻ってくるのを待つように。それまでに真実を明らかにしよう。では」

剣一郎は腰を上げた。

「どうぞ、お願いいたします」

角右衛門は体をふたつに折り、丁寧に頭を下げた。

『川田屋』を出た剣一郎は、その足で浅草田原町に向かった。

四

半刻後、剣一郎は浅草田原町の履物問屋『大島屋』の前にやって来た。小僧が打ち水をしていた。

その水が剣一郎の足元に飛んできた。小僧ははっとして、あわてて頭を下げた。

「申し訳ございません」

「かかってはおらぬ。気にするな。それより、主人に会いたい。取り次いでもらえぬか。南町の青柳剣一郎だと伝えてな」

「あ、青柳さま」

小僧はあわてて店に駆け込んで行った。

剣一郎は土間に入った。『川田屋』より商いは小さいだろう。番頭ふうの男が近づいてきた。

「小僧が失礼をいたしました。主人がこちらでお待ちです。どうぞ」

「うむ」

番頭の案内で、剣一郎は客間に通された。

待つほどのこともなく、五十年配の男がやって来た。目の下に隈《くま》が出来て、憔悴しているのが表情からもわかった。

「手前が主人の光太郎《こうたろう》にございます」

「南町の青柳剣一郎である」

剣一郎は名乗ってから、

「ここに来る前、『川田屋』に寄ってきた」

と、切り出した。

「さようでございますか。お染が消えてしまったことについて、ですね」

光太郎はため息をついた。

「お染がここを出発するとき、なにか変わったことはなかったのか」

剣一郎はきいた。

「ございません。親にもちゃんと挨拶をし、家を出ました」

六日の祝言は花婿側で行なわれ、花嫁の親族は参列しない。ただ、家から花嫁の一行を見送るだけだ。

「三三九度のあと、しばらくして気分が悪くなったそうだが、何かそのような兆《ちよう》候《こう》はあったのか」

「いえ、ありません」

「お染は『川田屋』に嫁《とつ》ぐことに乗り気ではなかったということはないのか」

「そんなことはありません。もし、そうだとしたら、祝言など挙げませせぬ」

「嫁ぐ日になって、急にいやになったということはないか」

「どうして、そのようなことを?」

「うむ。お染は三三九度の杯のあとで気分が悪くなったという。もう逃げられないという不安から胸が苦しくなったのではないかと考えたのだが」

「いえ、そういうことはあり得ません」

光太郎は強い口調《くちょう》で言った。

「お染は望んで嫁いでいったのか」

「はい。本人も良い縁談だと喜んでいたはずです」

「では、そなたはお染がいなくなったことをどう考えるのだ?」

「わかりません……」

光太郎は苦しげに首を横に振る。

「鬼に喰われたという噂をどう思うか」

「わかりません」

「わからない?　ほんとうかもしれないと思っているのか」

剣一郎は思わず声を高めた。

「あれから七日が経つのに、娘から知らせはありません。生きていれば何らかの便《たよ》りがあるはず。それがないのは……」

「すでに死んでいると思っているのか」

「………」

光太郎は目の前の畳に視線を落とし、言葉を探しているようだった。

「なんとしてでも、お染を見つけ出そう。そのためにはなんでもいいから手掛かりが欲しい」

剣一郎はやさしく言った。

「ありがとうございます」

光太郎の声は暗く沈んでいた。

その姿は娘を失った悲しみに打ちひしがれているように思えた。その憔悴した姿は決して芝居ではないと感じられた。

そのとき、廊下から足音がして部屋の前で止まった。

「失礼します」

入ってきたのは二十四、五のきりりとした顔つきの男だった。

「息子の光之助《こうのすけ》でございます」

光之助は名乗ってから、

「父は妹のことで力を落とし、体の調子も思わしくありません。もし、よろしければ、代わって私がお話を」

と、はっきりとした口調で言った。

「光之助、だいじょうぶだ」

「でも、心配だから」

光之助は父親をいたわった。

「いや、いちおう話は伺《うかが》った。何かあったら、また改めて出直そう」

剣一郎はそう言い、立ち上がった。

光之助が見送りについてきた。

「そなたは『川田屋』の角太郎を知っているのか」

廊下で、剣一郎はきいた。

「いえ、よく知りません。妹の縁談が持ち上がってから何度か会いましたが……。正直言って私はあまり好きになれません」

剣一郎は光之助の直接的な物言いに思わず足を止めた。

「好きになれない？　どういうところがだめなのだ？」

「ひとを見下すようなところがあります。まあ、確かに『川田屋』のほうが大店ですが、うちだって代々続く老舗《しにせ》です」

「なるほど、角太郎は自分の家のほうが上だと思っているのか」

「はい。そのくせ、もっと大店の旦那にはへいこらする。そういうところが私には……」

「お染はどうだ？」

「どうでしょうか。お染は『川田屋』に嫁ぐことを喜んでいたかもしれません。自分のところより大きな店に嫁ぐのですから」

「そなたは、今度のことをどう思っているのか」

「わかりません。ですが、もう妹は戻ってこないような気がしております」

「それはなぜだ？」

「しいていえば、『鬼一口』です」

「鬼に喰われたと思っているのか」

「………」

「どうなんだ？」

剣一郎はもう一度きいた。

「そう思いたいのかもしれません」

「妹は鬼に喰われてしまったと思いたいと」

「すみません。自分の気持ちがよくわからないのです。あまりにも自分の想像を超えたことが起きたので」

　光之助はそれ以上口を開こうとはしなかった。

「ところで、花嫁に付き添っていた女中に会いたいのだが、今いるか」

「それが……」

「どうした？」

「あのことがあって気が塞《ふさ》ぎ込んでいたので、実家に帰しました。自分の責任のように思い込んでしまったこともあるのでしょうが、やはり『鬼一口』のことで怯えて……」

「そうか」

　剣一郎はその女中の心中を思いやってから、

「邪魔した」

と、言った。

　光之助に見送られて、『大島屋』をあとにした。

　通りには天秤棒《てんびんぼう》を担《かつ》いだ水売りが声を上げ、駒形町の料理屋の前に心太《ところてん》売りが出ていて客が並んでいた。

　諏訪町に差しかかったとき、路地から植村京之進が出て来た。

「青柳さま」

　京之進が近寄ってきた。

「京之進か。こっちに何かあったのか」

「はい、十日ほど前に殺された指物師の恭助の長屋に、改めて聞き込みに行ってきた帰りです」

「亡骸《なきがら》が船で流されてきたという件か」

「はい。まだ、下手人の見当《けんとう》さえつきません。それどころか、手掛かりがまったく摑めないのです。当初はそう手間がかからずに片がつくと思っていたのですが」

　京之進は苦しそうな顔をした。

「いつでも力になろう」

「はい、お願いいたします。青柳さまはこちらには?」

「田原町の『大島屋』だ」

「ひょっとして、『川田屋』の祝言で消えたという花嫁の?」

「そう、実家だ」

「青柳さまがお調べを?」

「宇野さまが、妙な噂が流布《るふ》して人心が惑わされるのを恐れているのだ。そこに乗じて悪さをする者が出てくるとも限らないのでな」

「そうですか」

「さっきの件だが、何かあればいつでも屋敷に来るように」

「はい。ご相談に上がるかもしれませぬ」

京之進と別れ、剣一郎はいったん奉行所に戻った。


その夜、夕餉《ゆうげ》のあとに、太助がやって来た。

「祝言に出席したひと数人から話を聞いてきました」

太助はさっそく切り出した。

「ごくろう。じつはあのあとわしも『川田屋』と『大島屋』に行ってきた」

「そうでしたか」

「太助の話から聞こう」

「はい。あっしが会ったのは俳諧の師匠でして、祝言の最中に花嫁の具合が悪くなって宴席からいなくなった。それから、半刻後に花嫁が消えたと大騒ぎになって、奥の部屋に駆け付けたそうです。花嫁が誰にも見とがめられずに外に出ていくことは出来ないと言ってました」

「うむ」

「それから、酒宴の手伝いをしていた仕事師の若い衆は、騒ぎのあと、『川田屋』の奉公人といっしょに店の周囲を捜したそうです。でも、近所のひとも、怪しいひと影には気づいていないと。それより、裏口にも閂《かんぬき》がかかっていたといいます。庭を通っては誰も外に出て行っていないようです」

「そうか」

剣一郎は頷いてから、

「『川田屋』の主人と倅の角太郎に話を聞いたが、同じようなことを言っていた」

「じゃあ、ほんとうに消えてしまったんですかえ」

「あの部屋は確かに出入り口は一カ所だけだ。だが、わしが気になるのは床下だ」

「なんですって。床下ですかえ」

「そうだ。誰か手を貸すものがいて、縁の下を伝い、あの部屋の床下で待っている。そこに花嫁がやって来た。花嫁がひとりきりになったとき、床板を外し、畳をどけて部屋に上がり込む」

「連れ去ったということですか」

太助が驚いてきいた。

「いや、連れ去ることは難しい。床下を使ったのだとしても、お染も協力しなければ無理だ」

「お染もぐるだというのですね」

「まず、あの部屋に行かねば成り立たぬ。お染が気分が悪いと言ったのは芝居だということになる」

剣一郎はそう言ったものの、

「だが、これはあくまでもあの部屋から消える手立てを考えただけだ。お染がなぜ、そこまでするのかわからない。祝言がいやだったのか」

と、首をひねった。

「でも、ほんとうにお染は『川田屋』に嫁ぐのがいやだったのかもしれません。だから、逃げだしたのでは」

「それなら、もっと早く手を打っておけば、このような大仰《おおぎょう》なことをせずに済んだのだ。なぜ、祝言の日だったのか」

「そうですね」

「それに、角太郎に会ったが、悪い男には思えない。毛嫌いされるような男ではない。それどころか、女子には好かれるような気がする。まあ、他人には窺い知れぬ、何かがあるのかもしれぬが」

剣一郎は思いついて、

「近々、もう一度、『川田屋』を訪れる。そのとき、ついてきてもらおう。床下に潜ってもらいたい。何か痕跡があるやもしれぬ」

「わかりました」

そこに多恵がやって来た。

「お話は終わりまして？」

「うむ。済んだ。西瓜《すいか》か」

剣一郎はきいた。良い物が入ったと多恵が言っていたのを思い出した。

「はい。では、お持ちします」

多恵はいったん部屋を出て行った。

「西瓜ですか」

太助が目を輝かせた。

「とても出来のいい西瓜が手に入ったそうだ。太助に食べさせたいと言っていた」

「ありがてえ。あっしは西瓜には目がねえ」

多恵が西瓜を切って持ってきた。鮮やかな赤色が目を引く。

「冷えていますよ。太助さん、たんと食べなさい」

「へい」

太助は夢中になって食べはじめた。

最初はうまいうまいと口に運んでいたが、途中で動きが止まった。

「太助、どうした？」

「なんでもありません」

鼻をぐすりとさせてから、また太助は食べはじめた。

「そうか。また、おっかさんのことを思い出したのだな」

剣一郎は察してきいた。

太助は母親とふたりで暮らしてきたが、幼い頃に母親は病《やまい》に倒れた。太助は蜆《しじみ》をとって売り歩き、暮らしを支えた。だが、その母親も太助のことを心に残しながら、あの世に旅立ったのだ。

「おっかさんとふたりで西瓜を食べたときのことが急に蘇《よみがえ》ってきて。あんときに食べた西瓜とおんなじ味がしたんです。なんだか、おっかさんといっしょに食っているような気がして……」

太助は涙ぐんだ。

多恵ももらい泣きしそうな顔をしている。

「おっかさんはいつも太助のそばにいるのだ。めそめそしていたら、おっかさんに叱《しか》られるぞ」

剣一郎は活《かつ》を入れるように言った。

「太助さん。おっかさんのぶんも食べてね」

多恵の言葉に、太助はまた泣きだした。

たまには母親の思い出に浸《ひた》るのもいいかもしれないと、剣一郎と多恵は黙って太助を見守っていた。

五

朝から強い陽射しだが、梢《こずえ》を揺らしている風は涼しく、日陰は心地よい。白岡藩の中屋敷は下谷七軒町《しちけんちょう》にあった。

剣一郎は門番に名乗ると、話は通じており、すぐに屋敷に案内された。

広い庭に面した部屋に通されて待っていると、隠居した前の藩主がやって来た。鬢《びん》に白いものが混じっているが、若い頃の面影《おもかげ》を十分に残した顔は、肌艶《はだつや》もよく、若々しく見える。

「青柳剣一郎。久しぶりだな」

倉木肥後守は気さくに声をかけた。

「お久しゅうございます。殿さまにおかれましては壮健そうで祝着至極《しゅうちゃくしごく》に……」

「剣一郎。そのような堅苦しい挨拶は抜きだ。もう、わしは隠居の身。今は倉木紀之助《きのすけ》だ。紀之助と呼んでもらおう」

「なれど……」

「よい」

倉木紀之助はそう言い、

「わしはそなたを友として招いたのだ。気を使うことはない」

「わかりました」

剣一郎は紀之助の心持ちを察して応じる。

「今は随筆を手がけているとのこと」

「うむ。じつは前々からつれづれに書いていたのだ。備忘録程度のものだったが、それらをもう一度見直して書き改めてみたいと思ってな」

「とてもよいことにございます。名君と謳《うた》われたお方の体験したことやお考えを残すことは、後世に貴重なものとして喜ばれましょう」

剣一郎は正直に述《の》べ、

「そのお手伝いならば喜んでさせていただきます」

「かたじけない」

紀之助は頭を下げた。

「もったいない」

剣一郎はあわてて言う。

「わしは若いころから、自分の身に起きたことはほとんど書き記してきた。だが、じつは二十歳の頃のある出来事だけは最後まで書いていない。いや、書けなかったのだ」

「書けなかったというのは、お気持ちがそうさせなかったのですか。それとも、何か不都合なことがあって」

「……うむ」

紀之助は表情を曇らせて庭に目をやった。

「剣一郎。庭に出よう」

突然、紀之助が言った。

「はっ」

紀之助は手を叩いた。

女中がやって来た。

「庭に出る。履物を」

「はい」

女中は下がった。

しばらくして、女中は庭にまわった。

剣一郎は紀之助のあとについて庭に下りた。肌に痛いはずの陽射しも、木の葉に遮《さえぎ》られて涼しく感じられる。

泉水の横が丘になっていて、四阿《あずまや》がある。紀之助はそこに向かった。足取りもしっかりしており、隠居するにはまだまだ早いと感じさせる。

四阿は見晴らしがよく、木の腰掛けに向かい合って座った。

樹木の間を通った風が吹くと、紀之助は満足そうに、

「いい風だ」

と、笑みを漂《ただよ》わせた。

「見事なお庭にございます」

剣一郎は庭を見渡して言う。

植え込みも、大きな庭石も、苔《こけ》むした石灯籠《いしどうろう》も、無造作《むぞうさ》に置かれているように見えるが、手入れが行き届いていなければこのような風流な趣《おもむき》は出ないはずだ。

「さすが剣一郎だ。わからぬものには放りっぱなしの庭に見えるらしい」

紀之助は微笑《ほほえ》んでから、

「そなたとは十年ぶりか」

と、目を細めた。

「はい。なれど、殿さま、いえ紀之助さまのご活躍ぶりはいつも耳にしておりました。まだまだ元気なうちのお引き際、見事という他ありませぬ」

「買い被るな」

「いいえ。名君と賞されているのは事実でございます」

紀之助が藩主になってからの活躍はめざましいものがあった。逼迫《ひっぱく》した財政難の中で藩主になり、新田開発や産物の生産に力を入れ、見事に財政を立て直したことに、幕閣《ばっかく》も諸大名も絶賛したと聞いている。

人格も優れていることは、旗本北川主善との対立の際の裁きにもよく表われていた。

「倉木さま、ひとつお伺いしてもよろしいでしょうか」

「うむ、何か」

「隠居後、なぜ若い頃の名前を名乗られたのでしょうか」

「それも、これから話すことに関わっている」

紀之助は呟いた。

「最前の、書けなかったことでございますね」

「うむ」

紀之助は頷いてから、

「ところで、今巷《ちまた》に妙な噂が広まっているようだな」

と、きいた。

「噂ですか」

「婚礼のとき、花嫁が忽然《こつぜん》と消えたというではないか」

「そのようなことがお耳に？」

「うむ、出入りの植木屋が話してくれた。この件には奉行所は立ち入ってないのか」

「縁組の両家からも訴えがなく、なんらかの悪業の兆候《ちょうこう》もみられず、奉行所は気づかずにおりました。ところが、不穏《ふおん》な噂が飛び交い、人心を惑わすようになると不測《ふそく》の事態を招きかねません。遅まきながら私が乗りだすことに」

「なに、そなたが調べを？　そうか」

紀之助は満足そうに頷いたが、

「で、何かわかりそうか」

と、剣一郎の目を縋るように見た。

「いえ、まだ」

「その話を聞かせてはくれまいか」

紀之助は世間の変事として、このことを随筆にまとめようとしているのかもしれないと思った。

そうであれば、剣一郎を呼んだ理由はこの変事を聞くためだったということになる。剣一郎は軽い失望を覚えたが、気を取り直して、花嫁が消えた経緯《けいい》を話した。

紀之助は熱心に聞いていた。やはり、紀之助の気を引いたのは、『鬼一口』の掛け軸であった。

「では、巷では花嫁は鬼に喰われたと信じられているのか」

「まさか、掛け軸の鬼に本気で喰われたと思ってはいないのでしょうが、花嫁が消えたわけがわからず、あるいは、という心持ちになっているのかもしれません」

「そなたの調べでもわからぬのか」

「花嫁のお染が自ら姿を消したのか、他の者が絡《から》んでいるのかはわかりませんが、部屋から消えた仕掛けは、床下にあるのではないかと考えております」

「床下？」

「はい。何者かがその部屋の床下に潜み、お染が来るのを待っていたのではないかと」

「つまり、お染はその者たちに連れ去られたか、もしくは、自ら逃げたということか」

「はい。ただ、部屋からひとひとりが消えたからくりは説明がついても、お染が連れ去られた理由も、お染がどうして自ら姿を消そうとしたのかも、まだわかりません」

「そうか」

紀之助は暗い表情で、

「そなたはもちろん鬼の仕業とは思っていないのだな」

「鬼など見たことがありません。また、掛け軸の鬼がひとを喰らうなどばかげております」

「そうよな」

紀之助は深いため息をついた。

「紀之助さま」

剣一郎は不審を持って声をかけた。単に面白がって話を聞いたにしては、紀之助の表情は深刻そうだった。

「何か、ございましたか。最前よりの書けなかったことについて、まだお話を伺っておりませせぬが」

剣一郎は迫るようにきいた。

「剣一郎」

「はっ」

「わしの話を聞いてくれるか」

「ぜひ、お聞かせください」

剣一郎は紀之助の少し強張った顔を見つめた。

「わしが二十歳のときだ。その当時は当然、この屋敷で暮らし、学問に武芸、謡《うたい》や和歌などを学んでいた。毎年、深川の下屋敷にて月見の宴が開かれていた。いつもは、能楽《のうがく》を楽しむのだが、その年は旅芸人の一座を招いた。三味線《しゃみせん》に長唄、端唄《はうた》、そして踊りと、父上や母上をはじめ、家来たちも大いに楽しんだ」

紀之助は庭の草木に目を向けながら語りはじめる。

「だが、わしの目は胡蝶《こちょう》という踊り手の娘に釘付《くぎづ》けになってしまった。宴席がお開きになり、旅芸人が引き上げるとき、わしは門まで追いかけて行き、胡蝶にまた明日ここに来るようにと命じた。胡蝶は戸惑っていたが、座頭が承知しましたと請《う》け合ってくれた。約束どおり、翌日胡蝶が訪ねてきた。ふたつ年上だったが、わしは生まれてはじめて胸の内が焼けるほどに女子を好きになった。胡蝶も同じ思いだった」

当時を思い出しているのだろう、紀之助は目を細めた。

「わしは胡蝶を妻にしたいと思った。父上や母上は烈火《れっか》のごとく怒った。だが、わしの気持ちが固いと知ると、側室《そくしつ》ならばと譲歩《じょうほ》した。だが、わしはその条件を呑《の》めなかった。胡蝶を側室に追いやり、妻を娶《めと》ることは出来なかった。胡蝶に対してても正室になる女に対してても不実なような気がした。わしはまだ若かったから思いは一途《いちず》だった。あくまでも、妻にしたい。それしかなかった。胡蝶もまた、いっしょになりたいとわしの胸で泣いた」

紀之助は大きく息を吐き、

「われらは追いつめられていた。このままでは、ふたりは引き裂かれる。それでわしは決心した。倉木家はわしの弟に任せようと思った。弟が跡を継げばいい。わしは武士の立場を捨て、胡蝶といっしょに暮らそうと思った」

剣一郎は紀之助の告白を黙《もく》して聞いていた。

「そして、示し合わせ、わしは胡蝶と落ち合い、ふたりで奥州《おうしゅう》を目指して逃げた。だが、父上は追手を差し向けた。草加宿《そうかしゅく》近くで、雷を伴った豪雨に見舞われた。追手の事を考えると、旅籠《はたご》には泊まることが出来ず、身体を休める場所を探していたら、宿場から少し離れたところに古い土蔵があった。もう使われていないらしく、中はがらんどうであった。ともかく雨を凌《しの》げればと、そこで一晩を明かすことにした」

紀之助は、その時のことを思い出したのか、苦しげに宙を見つめたまま続ける。

「ところが半刻ほどしたあと、雨の音に混じって人声が聞こえた。驚いて、外に出てみた。すると、笠《かさ》を被り、蓑《みの》を着た屋敷の者たちが何人もがんどう提灯《ぢょうちん》を持って立っていた。若君、もはや逃げられませぬ。お戻りなされと、近習《きんじゅ》の笹《ささ》十郎太《じゅうろうた》という者が言った。わしは見逃してくれと頼んだ。その間にも、雷鳴《らいめい》が轟いていた。そんな押し問答が四半刻ほど続いたとき、十郎太が強引にわしに迫った。多勢に無勢だ。わしは押さえつけられた。そして、十郎太が土蔵に入って行った。わしは押さえつけられた手をなんとか払いのけ、十郎太の後に続いた」

剣一郎はそんなまさかと思いながら続きを待った。

「胡蝶。わしは呼んだ。だが、返事がない。家来たちが明かりで隅々まで照らした。だが、どこにも胡蝶がいないのだ」

「紀之助さま」

剣一郎は思わず口を挟んだ。

「胡蝶どのが消えたというのですか」

「そうだ。胡蝶は消えてしまった」

「土蔵の中は真っ暗だったのですね」

「だが、いくつもの提灯の明かりで照らした。隠れるような場所もなかった」

「窓は？」

「五間（約九メートル）ほどの高いところに窓があった。だが、そんなところにとうていよじ登れない」

「…………」

「わしは土蔵でまんじりともせず夜明けを待った。未明には雨は止《や》んでいた。高いところにある窓から朝陽が入り込んできた。土蔵の中は明るくなったが、どこにも胡蝶の姿はなかった。ただ、簪《かんざし》が落ちていた。胡蝶のものだった」

紀之助は声を震わせた。

「それ以来、胡蝶に会っていない。胡蝶は、あの日、あの場所で、露のごとく消えたのだ」

「その場に居合わせたご家来衆はどのように考えたのでしょうか」

剣一郎はきいた。

「家来たちはわしが偽《いつわ》りを言っていると考えたようだった」

「偽り？」

「はじめから胡蝶は土蔵にいなかった。いるように、わしが見せかけていたのだと。確かに、あの者たちは胡蝶が土蔵に入るのを見ていない。だから、胡蝶は雨の中を別の場所に逃れたのだと」

「では、蔵の中で消えたと思ったのは紀之助さまだけで？」

「そうだ。わしだけだ」

紀之助は吐き捨てるように言い、

「それに、胡蝶の行方がそれきりわからずとも、あの者たちにはたいしたことではなかった。わしを屋敷に連れ戻すことが使命だったからだ。剣一郎……」

「はっ」

「三十年経った今も、あの豪雨の夜のことははっきり覚えている。胡蝶は確かに土蔵の中にいたのだ。そして、忽然と消えた」

紀之助は憤然《ふんぜん》と言う。

「お屋敷に戻られたあとも、胡蝶どのの行方を捜したのですか」

「もちろんだ。旅芸人の一座に胡蝶に似た女がいると聞けば会いに行った。宿場《しゅくば》女郎《じょろう》にも会ったことがある。皆違った。あるとき、父上が年老いた修験者《しゅげんじゃ》を連れてきた。そして、その者が『伊勢物語』の『芥川』の段を話し、男女の身分に違いがあるが、状況が似ていると言った」

「では、『鬼一口』のことを？」

剣一郎はきいた。

「そうだ。その話をしたあとで、鬼の住処であったとは思えぬが、あの土蔵は魔界への門なのかもしれぬ、と修験者は言い出したのだ」

「魔界への門ですと」

「『鬼一口』の話は、身分違いの男女が追手につかまり、姫君は連れ戻された。それを鬼の仕業にしたものだろうが、追手につかまったのは同じでも、胡蝶がいなくなった事実は歴然《れきぜん》としてある。あの土蔵は魔界に通じているのだとまことしやかに口にした。いい加減なことを言うなと思っても、胡蝶は消えてしまったのだ。何も言い返せなかった」

紀之助は大きくため息をつき、

「ここにきて、市井で花嫁が消えるという騒ぎがあり、その部屋に『鬼一口』の掛け軸がかかっていたという。三十年前のことが頭に浮かんで離れぬ。それで、そなたに来てもらったのだ」

紀之助は剣一郎を見つめ、

「もしそなたが三十年前にいてくれたら、真相を解明してくれたものと信じている。今度の花嫁が消えたことも、そなたなら必ずや真実を暴《あば》くであろう。どうか、頼む。三十年前に何があったのか。その後、胡蝶がどうしたのか。調べてもらえぬか」

「倉木さまにそのようなことがあったとは存じ上げませんでした。鬼がひとを喰うとか、魔界に通じる土蔵とか、そのようなものがあろうはずはありません。三十年も前のことです。どこまで真相に迫れるかわかりませんが、調べてみます」

「かたじけない」

紀之助は頭を下げた。

「当時の日記を拝借《はいしゃく》願えますでしょうか」

「備忘録のようなものだが、あとで渡そう」

「はっ」

剣一郎は応えてから、

「先ほどの話に出て参りました、紀之助さまと胡蝶どのを追いかけてきた近習の方は、今もご健在《けんざい》でいらっしゃいますか」

「いや、笹十郎太は去年、病死した。わしによく尽くしてくれた」

「それは残念でございました」

剣一郎はその者からも話を聞いてみたいと思ったのだ。

「わしは今でも胡蝶のことを一瞬たりとも忘れたことはない。倉木家を守るために妻を娶ったが、胡蝶こそ我が妻と心の中では思ってきた。だからといって、妻をないがしろにしたわけではない。胡蝶とのことがあればこそ慈《いつく》しんできた。妻は五年前に亡くなった」

「そうでございましたか」

話に夢中になっていたので、陽は移動し、影の位置もだいぶ変わっていたのを、今になって気づいた。

「これは念のためにお伺いしておきますが、もし胡蝶どのが見つかったら、お会いになるお気持ちがおありでしょうか」

「もちろんだ」

「どのような姿になっていても?」

「そうだ。どんなに変わり果てていようが胡蝶であることに変わりはあるまい。そのために、当時の紀之助を名乗っているのだ」

「そこまでのお気持ちでございましたか」

剣一郎は感嘆《かんたん》した。

「おかしいか」

「いえ、そこまで思い続けられることは、羨《うらや》ましくもあります」

剣一郎は頭を下げた。

「剣一郎。部屋に戻って酒でも酌み交わそうぞ」

紀之助は誘った。

「いえ、紀之助さまの願いが叶《かな》った際に」

「わしの願いが叶うと思うか」

「はい。花嫁が消え、鬼の存在が噂される事件が起きたことに、何かの巡り合わせを感じます。一方を解決出来れば、もう一方も真相が明らかになるはず」

「そうか。期待している」

「はっ」

「宇野どのによろしく伝えてくれ」

「わかりました」

紀之助と剣一郎は立ち上がり、四阿から引き上げた。

元の部屋に戻って、しばらく待っていると、紀之助が半紙を綴《と》じたものを持ってきた。

「これが、その当時の備忘録だ。勘違いがあるかもしれぬが、当時の思いが素直に記されている」

剣一郎はそれを受け取った。

「また、お話をお聞きしに参ると思いますが」

「いつでも構わぬ。隠居の身だ。暇はたっぷりとある」

藩政には一切口を挟んでいないようだ。

「それでは、私はこれで」

「剣一郎、会えてうれしかったぞ」

「私もでございます」

剣一郎は紀之助に見送られて、白岡藩の中屋敷をあとにした。

第二章　介添《かいぞ》えの女中

一

剣一郎が年番方与力《ねんばんかたよりき》の部屋に行くと、宇野清左衛門は待ちかねたように立ち上がった。

隣の部屋に入り、差し向かいになった。

「花嫁《はなよめ》が消えた件、どんな具合だ」

清左衛門は気になっていたようだ。

「かなり、不可解《ふかかい》な状況でした」

剣一郎は祝言《しゅうげん》の様子を話してから、

「なんらかのからくりがあるはずですが、手掛かりはまだ」

「とりかかったばかりだ。すぐにわかろうはずはあるまい。ただ、いつまでも解決出来ぬと、鬼に喰われたという話がますますまことしやかに広まってしまう。

青柳どの、頼みましたぞ」

　清左衛門は縋《すが》るように言った。

「宇野さま」

　剣一郎は改《あらた》まった口調《くちょう》で続けた。

「昨日、倉木さまにお会いしてきました」

「そうであったな。で、倉木さまはお元気であられたか」

「はい。宇野さまによしなにと」

　そう言ってから、

「じつは、倉木さまから思いもよらぬ昔話を聞かされました」

「思いもよらぬ話？」

　清左衛門は訝《いぶか》しげな顔をした。

「三十年前、当時紀之助と名乗っていらっしゃった倉木さまは、旅芸人の一座の胡蝶という娘と恋仲になったそうです。身分違いのために妻にすることは叶《かな》わず、ふたりは駆《か》け落ちを図《はか》りました」

「………」

　清左衛門は熱心に聞き入っている。

「草加宿近くまで逃げてきたとき、急に雷雨に見舞われ、そこから少し離れたところに古びた土蔵があり、そこに逃げ込んだそうです。ところがすぐ近くに追手が迫っていて、やがて土蔵の前にやって来たのです。倉木さまは扉の前で追手を追い払おうと対峙《たいじ》しました。四半刻（三十分）ほどの押し問答《もんどう》の末、倉木さまは取り押さえられ、追手のひとりが倉木さまの隙を窺《うかが》い、土蔵に踏み込んだ。倉木さまもあわてて中に入ったのですが……」

「まさか、女がいなくなっていた、と」

清左衛門は強張《こわば》った表情で先回りしてきいた。

「そのまさかでございます。追手が提灯《ちょうちん》の明かりで隅々まで照らしたが、どこにも女の姿はなかった」

「他に出入り口があったのではないのか」

「いえ、ありません。とうてい登れないような高いところに小さな窓がひとつ」

「ばかな」

清左衛門は吐き捨てた。

「いなくなったことは間違いありません。外は豪雨。朝になって雨が止《や》み、蔵の中や周辺を捜し回っても手掛かりはなかったそうです」

「………」

清左衛門は言葉を失っている。

「屋敷に連れ戻された倉木さまは、その後も胡蝶という女を捜し続けたそうです。そして、ある修験者《しゆげんじや》から、あの土蔵は魔界への門なのかもしれぬと言われたというのです」

「ばかな」

清左衛門は憤然《ふんぜん》とした。

「しかし、現に、女が消えているのですから」

「しかし、魔界の門などあろうはずない」

「不可解な場面に直面すると、ひとは信じてしまうようです。今般《こんぱん》の花嫁が消えた事件のように」

「………」

「倉木さまは『川田屋』の件を知り、三十年前の記憶を蘇《よみがえ》らせたそうです。『川田屋』の謎《なぞ》が解明出来れば、三十年前の真相も明らかに出来るのではないか、私にぜひ真相を探って欲しいと」

「そういうわけだったのか」

「倉木さまはいい加減な作り話をするお方ではありません。お話ししてくださったことは現実に起きたことでしょう。『川田屋』の謎が解明出来れば、三十年前の真相も明らかに出来るかもしれませんが、逆もありえます。三十年前の真相が明らかになれば、『川田屋』の謎も……。宇野さま」

剣一郎は身を乗りだし、

「この際、三十年前のことも調べてみたいのです」

「倉木さまの頼みでもある。よかろう」

「ただし、私は『川田屋』の謎を追っています。三十年前のことを調べるのに手助けが欲しいのです」

「よかろう」

「作田新兵衛《さくたしんべえ》が手すきであれば、新兵衛に頼みたいのですが」

「わかった」

清左衛門は手を叩《たた》き、見習い同心《どうしん》を呼んだ。

「作田新兵衛をこれへ」

「はっ」

見習い同心が下がった。

作田新兵衛は隠密《おんみつ》同心である。これまでにも、何度も新兵衛の力を借りて事件を解決している。

「しかし、倉木さまはなぜ、三十年前のことを？　不可解な謎を説き明かしたいだけなのか」

清左衛門がきいた。

「胡蝶という女子《おなご》の消息《しょうそく》を知りたいのです。倉木さまはこの三十年間、一途《いちず》に胡蝶のことを思い続けていたようです。十七万石を捨ててまでいっしょになろうとした女子ですから」

「名君と称《たた》えられた倉木さまにそのような情熱があったとは……」

清左衛門が呟《つぶや》いたとき、作田新兵衛がやって来た。

「失礼いたします」

「入れ」

清左衛門が招《しょう》じる。

「はっ」

新兵衛は部屋に入った。

「青柳どのの手助けをしてもらいたい」

「はっ。喜んで」

「じつは、白岡藩の前藩主で今は隠居をしている、倉木紀之助さまに関わることだ」

そう前置きして、剣一郎は清左衛門に話したことをもう一度繰り返した。

新兵衛も目を見張ってきいていた。

「なんと、不可解な」

聞き終えて、新兵衛は啞然《あぜん》としていた。

「まず、草加宿近くにあったという土蔵について調べてきてもらいたい」

「わかりました。さっそく」

新兵衛の動きは素早かった。

清左衛門のもとを辞去《じきょ》し、剣一郎は奉行所を出た。


剣一郎は太助とともに須田町にある骨董屋《こっとう》『文古堂』の店先に立った。真っ先に目に入るのは、正面にある甲冑《かっちゅう》だ。

太助は外に残し、剣一郎一人で土間に入る。店番をしている番頭《ばんとう》らしき男が顔を向け、あわてて立ち上がってきた。

「青柳さまで」

番頭が腰を低く声をかける。

「主人はいるか」

「はい。少々お待ちください」

番頭は奥に引っ込み、すぐに出てきた。その後ろから四十前に見える渋い顔だちの男が現われた。趣味人たちの集まりを主宰するような人物らしく、洒脱《しゃだつ》な雰囲気を漂わせている。

番頭が主人ですと、剣一郎に引き合わせた。

「『文古堂』の主人文兵衛《ぶんべえ》にございます」

窺うような目を向けて、文兵衛は名乗ってから、

「青柳さま。ひょっとして『川田屋』さんの件で」

と、先回りをするようにきいてきた。

「どうしてわかったのか」

「それはもう、私どもがお売りした『鬼一口』の掛《か》け軸《じく》が噂《うわさ》になっておりますので」

文兵衛は困惑した様子で言う。

「そのことで話を聞かせてもらいたい」

「わかりました。どうぞ、お上がりください」

剣一郎は刀を外し、文兵衛のあとに従い、店のすぐ脇にある小部屋に通された。

差し向かいになってから、

「あの掛け軸はどこから手に入れたのだ？」

と、剣一郎は切り出した。

「京の骨董屋から流れてきたものです」

「いつごろだ？」

「三年ほど前でしょうか。元はどこかの女官の実家にあったものだそうです」

「『川田屋』が買い求めたのは近頃のことだそうだな」

「はい。さようで」

「すると『川田屋』に渡るまでの三年ほどの間、買い手がつかずここに置いてあったのか」

「はい。そうなります。なんとなく無気味《ぶきみ》にも見える画なので、お客さまの心に響かなかったのでございましょう。しかし、そういう物もままあるのでございますよ」

「それが、なぜ『川田屋』が買うことになったのだ？」

剣一郎は矢継《やつ》ぎ早《ばや》にきく。

「角右衛門さんとは『風雅の宴』でよくごいっしょになります。たまたま、『鬼一口』の話をしたところ、ぜひ見せてくれと仰《おつしや》って。それでお見せしたところ、最初は微妙な顔をされたのですが、魔除《まよ》けだそうですと言うと、俄《にわ》かに関心をお示しになり、お買い求めになられました」

「いくらだ？」

「十両でございます」

「十両？　角右衛門は十両も出したのか」

剣一郎は驚いてきく。

「はい。骨董との出会いは一期一会《いちごいちえ》ですから、少々値は張っても買う方はいらっしゃいます」

文兵衛はさも当然というような顔をした。

「鬼門の方角に置くといいというのは？」

「京の骨董屋から聞いた話でした」

「これと同じような代物《しろもの》は他にもあったのか」

「いえ、護符《ごふ》などにこのような恐ろしい鬼が描かれているものもありますが、掛け軸としてははじめて見ました」

文兵衛はあっさり答える。

「ところで、そなたも『川田屋』の祝言の席に招かれていたそうだな」

「はい」

「花嫁が消えたわけを、そなたはどう思うのだ？」

「わかりません」

「花嫁が消えた部屋に、その掛け軸がかけてあったそうだ。魔除けどころか、災《さい》厄《やく》を招いたことになってしまったが」

「はい。誠《まこと》に驚いております」

文兵衛は少し口ごもり、話を続けた。

「じつはあれからいろいろ調べてみますに、呪《のろ》いの画かもしれないと思ったり
……」

「呪いの画？」

「宮廷に仕《つか》える女官が恋敵《がたき》を消すために、あのような鬼の画の掛け軸を作らせた

のではないか。そんなことを思いました」

「それはそなたの考えか、それともそういう例があるというのか」

「ございます。たとえば、丑《うし》の刻参《こくまい》りの女の画……」

剣一郎は、文兵衛はなぜこれほど呪いを強調するのか、ふと疑問が湧《わ》いた。

「もし、あの掛け軸が呪いの画だとしたら、そなたは真逆のものを売りつけてしまったことになる」

「はい」

文兵衛は小さくなった。

「そのことを『川田屋』には話したのか」

「はい。すると、角右衛門さんは不吉だからと、お寺さんでお焚《た》き上げをしていただくと言って」

「なに、お焚き上げ」

「はい。いまだに花嫁が見つからないのは、あの掛け軸のせいかもしれないと仰いまして」

「花嫁が消えたのがほんとうに掛け軸のせいだと思っているのか」

「そんなばかなことはないと思っていても、ひとひとりが消えたのはほんとうですし」

「いつお焚き上げを行なうのだ？」

「明日ときいています」

「明日だと……。だめだ」

剣一郎は叫《さけ》んだ。

「そんなことをしたら、さらに人心《じんしん》を惑《まど》わすことになる。やめさせなければならぬ」

「でも、もうお寺さんと話はつけてあるようですよ」

「よし、これから『川田屋』に行ってみよう」

剣一郎は土間を出て、店先で待っていた太助と共に『川田屋』に急いだ。

四半刻後、剣一郎は『川田屋』の客間で、角右衛門と向かい合った。

「川田屋。今『文古堂』の文兵衛から聞いたが、例の掛け軸をお焚き上げするそうだな」

剣一郎はきいた。

「はい。あの掛け軸はいわくつきです。凶事が起こったのもあの掛け軸のせいかもしれません」

角右衛門は強引に話を進めた。

「そのようなことをしたら、ますます花嫁が消えたのはあの掛け軸のせいだと吹《ふい》聴《ちょう》するようなものだ。しばらく待ってもらいたい」

「でも、あの掛け軸があると、花嫁のお染は見つからないような気がするのです。ここは御祓《おはら》いを受けて、気持ちをすっきりさせないと……」

角右衛門は頑《かたく》なに言った。

「明日だそうだな」

「はい、すでに掛け軸は菩提寺《ぼだいじ》である本郷の真行寺《しんぎょうじ》に納めてあります。『大島屋』さんも参列なさいます」

「参列するのはそれだけか」

「いえ、祝言の席にお招きした方々にもお声がけさせていただいております」

「なに」

剣一郎は吐息《といき》を漏《も》らした。

「そんなことをしたら、ますます奇怪な噂が独り歩きしてしまう」

「今の私たちに出来ることは、それしかないのです」

部屋から消えたわけとお染の行方がいまだにわからないことが、ひとびとの心に不安と焦燥《しょうそう》を植えつけているのだ。

しかし、お焚き上げをやめさせることは、奉行所の権威を振りかざしても出来るものではなかった。剣一郎はすぐ気を取り直し、

「また、問題の部屋を見せてもらいたい」

と、頼んだ。

「はい。どうぞ」

角右衛門は腰を浮かせかけた。

「その前に、わしの手の者が外にいる。太助という。呼んでもらえぬか」

「わかりました」

角右衛門は手を叩いて女中を呼んだ。

「外に青柳さまに同行された、太助さんというお方が待っておられるそうな。ここにお連れして」

角右衛門は女中に告《つ》げた。

「造作《ぞうさ》をかける」

「いえ」

「部屋はそのままにしてあるのか」

「はい、掃除《そうじ》もしていません。女中たちも気味悪がって部屋に入ろうとしないのです」

角右衛門は呟くように言い、

「お焚き上げしてもらえば、あの部屋の呪いも解《と》けて、女中たちも安心して部屋に入れるのではないかと思っています」

お焚き上げに強いこだわりを持っているように思えた。

女中に連れられて、太助がやって来た。

「これが太助でござる。では、案内してもらいたい」

剣一郎は角右衛門を促《うなが》した。

廊下をまわり、件《くだん》の部屋に向かった。太助は胸に自分の草履《ぞうり》を仕舞っていた。

部屋にやって来て、

「しばらく、我らだけに」

剣一郎は角右衛門に言う。

「わかりました。終わったら、声をおかけください」

そう言い、角右衛門は下がった。

剣一郎は天井を見上げ、

「天井板が外された形跡《けいせき》はなかった。問題は床下だ」

「はい。さっそく」

太助は廊下に出て、懐《ふところ》から草履をとりだして内庭に下りた。火縄に火をつけ、床下に潜った。

剣一郎は部屋に戻った。床下にひとの動く気配がしている。やがて、奥の壁際の畳の下から気配がした。

だが、気配は消えた。太助は引き返して行ったようだ。剣一郎は廊下に出た。

やがて、床下から太助が現われた。

「ひとが通った形跡はありません」

「なに、ない？」

剣一郎は耳を疑った。

「はい。蜘蛛《くも》の巣が張っており、材木も埃《ほこり》を被っていて、最近何かが通ったような跡はありません」

「………」

剣一郎は困惑した。

「青柳さま。やはり、天井からではありませんか」

太助が言い、

「天井裏に上がってみます」

「よし」

ふたりは部屋に戻り、

「太助、わしの肩に乗れ」

と、剣一郎は言う。

「えっ」

太助はびっくりした。

「遠慮するな」

「でも」

「早くするのだ」

剣一郎が急《せ》かすと、

「わかりました」

と、声をかすれさせた。

剣一郎は腰を落とした。

「さあ、肩に乗るのだ」

「はい」

太助は剣一郎が上に上げた手をつかみ、肩に足をのせ、弾《はず》みをつけて両肩に乗った。

「よし」

剣一郎は徐々に立ち上がる。太助は均衡《きんこう》を保ちながら剣一郎の肩で直立になった。

太助は天井板を力を込めて外し、天井裏に首を突っ込んだ。火縄の明かりで照らす。それから反対側の天井裏を調べる。

「青柳さま。天井裏は一面に薄く埃が広がっていて、ひとが通った跡はありません」

下りてから、太助は言った。

「天井裏でも床下でもないか……」

剣一郎は当惑した。

では、花嫁はどこに行ったのか。剣一郎は考えあぐねて、改めて部屋の中を見回す。しかし、何も閃《ひらめ》かない。

「出よう。ここにいても無駄だ」

「はい」

剣一郎は角右衛門に挨拶《あいさつ》をして『川田屋』をあとにした。

「青柳さま。どういうことでしょうか」

太助は不安そうに言う。

「うむ」

「ほんとうに掛け軸の鬼に喰われてしまったんじゃ……」

「そのようなことがあろうはずがない」

剣一郎は否定したが、ではどうやって花嫁が消えたのかという問いは残る。

「今までと違った見方で考えなければならぬ」

剣一郎は自分自身に言い聞かせるように言う。

「ひとひとりが忽然《こつぜん》と消えるわけはない。他に誰かがいて、花嫁を連れ去ったと考えたが、床下にも天井裏にもひとの形跡がないとしたら拉致《らち》ではない。花嫁が自分の意思で消えたと見るべきだ」

「そんなことが……」

「やはり、花嫁のお染にとっては望まぬ縁組《えんぐみ》だったのではないか」

「嫌々《いやいや》祝言を挙げたということでしょうか」

「しかし、なぜ、祝言の席から逃げだしたのか。なぜもっと前に逃げなかったのか、いろいろわからないことがある。だが、この状況では、本人自ら仕掛けなければ無理だ」

剣一郎は冷静さを取り戻し、

「まず、『大島屋』のお染が『川田屋』へ嫁《とつ》ぐのに納得していたのか、そのことをはっきりさせてからでないと、花嫁が消えたからくりを考えられぬ」

「そうですね。お染のことを調べてみましょうか」

「そうしてもらおう。お染には言い交《か》わした男がいたのかもしれない。お染の周辺を探るのだ」

「わかりました。さっそく」

浅草田原町の『大島屋』に向かう太助を見送ってから、剣一郎は奉行所に戻った。

二

その夜、剣一郎は八丁堀の屋敷に帰ると、すぐに倉木紀之助の備忘録を広げた。

三十年前の謎を今になって解明出来るかどうか、自信はない。問題の草加宿にほど近い、古い土蔵が今もあるかどうかわからない。新兵衛の調べを待つしかなかった。駆け落ちのふたりを追ってきた近習の武士は去年亡《な》くなったという。魔界への門だと話した行者も当時で年配だったというから、今も生きているとは思えない。胡蝶がいた旅芸人の一座は今もあるかどうか定かでないし、座頭も生きているかどうか。

だが、倉木紀之助に解明すると約束したのだ。そのためにも何としてでも謎を解き明かしたかった。

ひとつの大きな手掛かりになるものがあった。花嫁が消えた事件だ。

三十年前の出来事と、今回の『川田屋』で起きたこととは似ているところがいくつもある。

まず、ひとがひとり消えたことだが、両方とも出入り口には誰かがいた。だが、中で起きたことにまったく気づいていない。

次に、『川田屋』のほうは祝言の席で、一方は好き合った同士の駆け落ちだ。いずれにしろ男女間のつながりが背景にある。

そして、曰《いわ》くのある『鬼一口』の掛け軸と魔界への門だという行者。それによって、奇怪な話とされていた。

このようにいくつか共通している部分があり、単独では三十年前の真相を摑《つか》むのは至難《しなん》の業《わざ》かもしれないが、消えた花嫁のからくりがわかれば、それが手掛かりとなるかもしれない。

夕餉《ゆうげ》をとってから、剣一郎は消えた花嫁の件に思いを馳《は》せた。

花嫁は床下から脱け出したのではないかという剣一郎の想像は外れた。天井裏でもない。唯一の出入り口には三人いたのだ。

この三人に気づかれずに、部屋を出て行くことは出来ただろうか。三人が僅《わず》かな間でもその場から離れたことがあったのではないか。

剣一郎は首を横に振る。そのようなことがあったら、お民は口にしているはずだ。やはり、もうひとりの小僧からも話を聞いておく必要がある。

多恵が顔を出した。

「おまえさま。京之進どのがいらっしゃいました」

「通してくれ」

「はい」

多恵が部屋を出て行き、しばらくして京之進がやって来た。

「夜分に申し訳ありません」

京之進は平伏する。

「気にしなくてよい。船のホトケの件か」

「はい」

京之進は顔を上げ、

「まったく探索が捗《はかど》りません。殺された恭助は真面目《まじめ》でやさしい男だったというのです。酒を呑《の》むわけでもなく、博打《ばくち》もやりません。誰もが口々に、他人と争い事を起こすような男ではないと言うのです。調べてみた限りでは、恭助が誰かと揉《も》めごとを起こしたという事実はありません。こうなると、恭助の事情ではなく、何かに巻き込まれて殺されたということが考えられるのですが……」

「石浜のほうで殺されて、そこから船で流されてきたということだったな」

「はい。石浜近くの小屋の中に血が落ちていたので、その小屋で殺され、それから船まで運ばれたのに間違いないと思います」

「ホトケは存外《ぞんがい》重たい。少なくともふたりはいると思われます」

「はい。少なくともふたりはいると思われます」

「なぜ、船に運んだのであろうか」

剣一郎は疑問を呈《てい》した。

「死体を隠すためかと思うが、なぜ船にだったのか。それと、なぜ石浜に行ったのか」

「聞き込みでは、恭助らしい男を誰も見ていないのです。ただ、真崎稲荷《まつさきいなり》の本殿で、若い男女がお参りをしているのを近所のかみさんが見ていました。ですが、その男が恭助かどうかはわかりません」

「恭助に女はいたのか？」

「女にも奥手だったようです。指物師の朋輩《ほうばい》も、女っ気《け》はなかったと言っています。六月四日の夜、恭助は親方の家からいったん長屋に帰り、すぐ出かけています。石浜に向かったようです」

「仕事絡みはどうだ？　恭助がこしらえたものに瑕疵《かし》があり、客と揉めたようなことはなかったのか」

「そういう話は出ていません」

「そうか」

剣一郎は顎《あご》に手をやって考えていたが、

「恭助に関して何も出てこないのが不思議だ。男なら何かしらあるだろう。誰かが何かを隠しているのやもな」

と、思いつきを口にした。

「隠す?」

「隠すというより、あえて言う必要はないと考えて黙っているのかもしれない」

「…………」

「恭助がどんな仕事をしていたのか、こと細かく調べたらどうだ。そこから何かが見えてくるかもしれない」

「わかりました。ありがとうございました」

京之進は勇んで引き上げて行った。

入れ代わるように、太助がやって来た。

「ごくろう。その顔つきでは何かわかったようだな」

「へえ。お染の踊りの仲間に話を聞くことができました。やはり、お染は『川田屋』に嫁ぐことにあまり気乗りしていなかったようです」

「お染は踊りを習っていたのか」

「はい。『大島屋』に行ったら、若い女が出てきたので声をかけたのです。そしたら、お染の踊り仲間でした」

「なるほど」

「それでお染のことをそれとなく聞いたところ、どうやら『川田屋』との縁組をいやがっていたそうです」

「理由は？」

「『大島屋』の商売は少し苦しかったようです。この縁組で、『大島屋』は『川田屋』からかなりの援助を受けられることになっていたとか」

「お染にしてみたら、店のための、意に染まない縁組だったというわけか」

ようやく、手応《てごた》えを得たように剣一郎は頷《うなず》いた。

「こうなると、どうやって部屋を脱け出たかわからぬが、お染は自らの意思でその場から消えたと考えるほうが自然だ。鬼に喰われたという怪奇《かいき》な状況を作り上げたのは、自分から進んで消えたことを隠すためだろう。すると、やはり手を貸す者が必要だ」

そう考えれば、疑わしい人物がひとり浮かぶ。

「どうしても、『大島屋』の女中から話を聞かねばならぬな」

その女中だけが、件の部屋でお染とふたりきりでいたのだ。途中で、その女中は部屋を出てきて、お民たちとともに襖《ふすま》の前に控えていた。

一見すると、この女中が手を貸したとしてもお染を消すことは出来ない。だが、この女中から話を聞く必要はあった。

「例の掛け軸は、お染が計画的に用意したのでしょうか。でも、『川田屋』の主人が懇意《こんい》にしている『文古堂』から買い求めたのですよね」

太助が疑問を口にした。

自分から消えたことにするには、天理に逆《さか》らい奇怪な状況を作り出すことが必要だ。そのために『鬼一口』の掛け軸は、大いに役立つ。しかし、それはお染が手に入れたものではなかった。

「お染が掛け軸の由来《ゆらい》を知っていて利用したとも考えられる。お染は以前に『川田屋』を訪れたことがあり、その際、あの部屋に案内されて掛け軸を見ていたのではないか」

「なるほど」

太助は呟いたあとで、

「でも、そうだとしても、どうやってお染はあの部屋から脱け出たのでしょうか」

と、首を傾《かし》げた。

「お染にとっては店のための意に沿わない縁組だったというが、なぜ、それほど『川田屋』に嫁ぐことを嫌がったのであろうか。角太郎は女が嫌がるような男とは決して思えぬ。それなのに嫌がったのは別の理由からではないか」

剣一郎は想像を口にした。

「と、仰いますと」

「やはり、男だろう。お染には好きな男がいたのに違いない」

「踊りの仲間もそのようなことを言ってました。お染さんにはいいひとがいるんじゃないかって。お染は否定していたそうですが」

「そうか。そういう男がいるのなら、祝言の席から逃げだすことも考えられる。ただ逃げたのでは『川田屋』や実家の『大島屋』にも多大な迷惑がかかる。だから、あのような手の込んだ仕掛けをして姿を消したのだ。もちろん、どのような手立てで消えたのかはまだわからぬ。だが、その男が脱出に手を貸していることは十分に考えられる」

「なるほど」

「まずは、そういう男がほんとうにいるかどうか確かめるのだ。いや、その男を見つけ出したい。わしは、『大島屋』の女中について調べてみよう」

もし、その女中がお染の企《くわだ》てに手を貸しているとしたら、心を病《や》んで国に帰ったというのは嘘《うそ》だということになる。

「青柳さま。やはり、ひとを喰らう鬼などいないのですよね」

ふと、太助は真顔できいた。

「おや、太助は信じていたのか」

「いえ、そういうわけじゃないんですが。でも、この世にそんな恐ろしい鬼がいないとわかって少し安心しました」

「太助。『伊勢物語』の『芥川』の段では、身分違いの女と駆け落ちした男が、女を土蔵に匿《かくま》ったところ、女が消えてしまった。鬼に喰われたのではと嘆《なげ》き悲しむ話だが、じつは女は追手に取り返されたのだ。それを鬼の仕業《しわざ》と語ったというのが真相だ」

「へえ、そうだったんですか。なるほど」

太助は感心する。

「太助。鬼より、かえってひとの心のほうが恐ろしいものだ」

「ほんとうですか」

太助は喉《のど》に声を詰まらせて言った。

そこに多恵が様子を見に来た。

「お話、お済みですか」

「済んだ」

「ずいぶん熱心にお話をしていらっしゃいますね。太助さん、どうしたの、その顔？」

「顔？」

太助は顔に手を当てた。

「目を丸くしていたから」

「ああ、そのことですか。今、鬼よりかえってひとの心のほうが恐ろしいというお話を聞いて、ちょっとうろたえました」

「確かに、そうかもしれませんね。ひとは心変わりをしますからね。嫉妬《しっと》や裏切りなど、醜《みにく》い面を誰もが持ち合わせていますものね」

多恵はしみじみ言う。

「多恵さまも、そのような目に遭《あ》ったことはあるのですか」

太助がきいた。

「いえ、わたしはございません」

「そうですか」

「ひとの心は怖いところもあるけれど、やさしさもありますよ」

「やさしさですか」

そう言い、太助は剣一郎の顔を見た。

「なんだ、太助。その目は?」

「いえ、なんでも」

「太助さん、なにを思ったの?」

「へえ、やさしさですよ。多恵さまは仕合わせなんだと思いました。もちろん、青柳さまも」

「まあ、からかっているのね」

ふたりのやりとりを聞きながら、ふと倉木紀之助の三十年前に思いが向かった。

紀之助と胡蝶、好いて好かれて、手に手をとって駆け落ちしたのだ。『伊勢物語』では女のほうが高貴なお方であったが、紀之助の場合は女は旅芸人の一座の娘だ。両方とも、追手に追いつかれ、駆け落ちは失敗に終わっている。

多恵の言葉で、剣一郎はふいに紀之助のことに思いがいたったのだが、どの言葉に引っ掛かりを覚えたのか、わからない。

多恵と太助が賑《にぎ》やかに言葉を交《か》わしていた。

翌朝、剣一郎は浅草田原町の『大島屋』にやって来た。

店は開いたばかりだが、すでに客が数人いた。土間に入ると、すぐに番頭が近づいてきた。

それから、前回と同じ客間に通され、主人の光太郎と向かい合った。

「その後、何かわかりましたでしょうか」

光太郎が窺《うかが》うようにきいた。心の重りを感じさせる声だった。

「いや。まだだ」

「そうでございましょうな。私どもも諦《あきら》めたほうがよいのでしょうか」

「諦めるのは早い」

剣一郎は強く言い、

「再度しっかりと確かめたいことがあるのだ」

と、切り出す。

「はい、何でございましょうか」

「お染のことだが、お染は望んで『川田屋』に嫁ごうとしていたのか。ほんとうは気が進んでいなかったのではないのか」

「そんなことはありません」

「お染を見つけ出すためだ。正直に答えてもらいたい」

「正直も何も。お染は白無垢《しろむく》に身を包み、私と家内に挨拶をし、夕方に駕籠《かご》に乗って出立しました。お染はうれしそうでした」

光太郎は目を伏せぎみに話す。

「間違いないか」

「はい」

「じつは、お染は今度の縁組が気に入らないと、友達に語っていたそうだ」

「いえ、そんなことはありません」

光太郎はむきになって、

「いったい、誰がそのようなことを。『川田屋』さんにも失礼です」

と、訴えた。

「親の前では取り繕《つくろ》っていたとは思えぬか」

「そんなことはありません。青柳さま。なぜ、そのようなことを？」

「まだはっきりはせぬが、今度の件、お染が自ら姿をくらましたのではないかと思われるのだ」

「ばかな」

「お染には好きな男がいたのではないか」

「とんでもない」

光太郎は強く否定する。

「そのような様子はなかったと言うのか」

「はい」

「すまぬが、内儀《ないぎ》にもきいてみたい。女親なら、娘の微妙な心の移ろいを鋭《するど》く感じとっているのではないか」

「わかりました」

光太郎は立ち上がって部屋を出て行った。

しばらくして、光太郎と内儀がやって来た。光太郎以上に憔悴しているように見えた。

「青柳さまが、お染に好きな男がいたのではないかと仰《おお》せだ」

光太郎が内儀に言う。

「どうだ？　女親の勘《かん》で、そのような様子は見られなかったか」

剣一郎は内儀の顔色を窺う。

「いえ、気がつきませんでした。そのような相手はいなかったはずです」

「『川田屋』には喜んで嫁いで行ったのか」

「はい」

内儀は涙ぐんだ。

「青柳さま。よろしいでしょうか。家内はあれから飯も喉を通らず、夜も眠れず、まいってしまっているのです」

「わかった。もうよい。だが、心配するな、必ず、お染を見つけ出す」

剣一郎は元気づけるように言う。

「……はい」

それでも暗い表情のままの内儀が引き上げたあと、

「花嫁に付き添っていた女中は塞ぎ込んでいたので実家に帰したということであったな。どうしても、その女中に会わねばならぬ。実家の場所を教えてもらいたい」

「倅《せがれ》がそう言ったのですね」

「そうだ」

「じつは……」

光太郎は言い渋った。

「どうした？」

「その女中はお峰《みね》と言いますが、じつはあの日以来、ここに戻っていないのです」

「なに、帰っていない？」

剣一郎は思わずきき返した。

「なぜ、それを言わなかったのだ？」

「女中のことですし、それにあんな騒ぎになり、責任を感じて顔を出せなくなったのだと思います」

お染といっしょにいるのかと思ったが、証《あかし》はなく口にはしなかった。

「ところで、お峰はお店に長いのか」

「いえ」

光太郎が戸惑いを見せている。またも、剣一郎は不審を抱いた。

「何を隠しているのだ？」

煮え切らない相手に、剣一郎は強く出た。

「じつは、最近お染の勧《すす》めで女中になり、祝言のときもいっしょに……」

「なに、お染の希望だと？」

「はい」

「いつだ、女中になったのは？」

「祝言の数日前です」

剣一郎は唖然とした。

これでますますお染とお峰が手を組んでの仕業だと確信した。とはいえ、どう
やってお染があの部屋から脱け出たのかはまだわからなかった。

三

剣一郎は炎天下《えんてんか》を『大島屋』から『川田屋』にまわった。すれ違った棒手振《ぼてふ》りの顔からは汗が滴《したた》っていた。

剣一郎はなるたけ日陰を通って浅草御門を抜けたが、そこから陽射しを遮《さえぎ》るものはなかった。

ようやく大伝馬町の『川田屋』に着いた。

店先に顔を出し、角太郎に会いたいと伝えると、番頭がすぐ客間に通してくれた。

やがて、角太郎がやって来た。

「お待たせいたしました」

「忙しいところをすまぬ」

「いえ」

「さっそくだが、そなたとお染の仲はどうだったのだ?」

「どうと仰いますと?」

角太郎は少し苛《いら》だったような声できいた。

「相思相愛《そうしそうあい》だったのか、それともそなたが一方的に縁組を望んだのか」

「……私のほうが強く願っていたのは間違いありませんが、お染さんも満更《まんざら》ではなかったはずです。うちは大店ですし」

剣一郎には、角太郎の強がりに思えた。

「祝言の夜、お染の気分が悪くなったとき、そなたが件の部屋に連れて行ったのだな」

「はい」

「その部屋に以前、お染を案内したことはあるか」

「あったと思います。祝言前に家に招いたときに、家の中を案内しましたから」

「あの部屋にも入ったのだな」

「入りました」

「そのとき、壁に例の掛け軸はかけてあったか」

「かけてありました」

「お染は掛け軸について何かきいたのではないか」

「いえ、何も」

「そうか。とにかくお染は掛け軸を見ていたのだな」

「さあ、わかりません」

「まあ、いい」

　剣一郎は言ってから、

「部屋には、『大島屋』の女中お峰がいっしょについてきたのだったな」

「はい」

「部屋に入ったとき、お染やお峰の様子に不審なところはなかったか」

「いえ。なぜ、そのようなことを？」

「お染が自らの意思で部屋を脱け出たことも考えねばならぬ」

　剣一郎は断ってから、

「ふたりを残して部屋を出たあと、女中のお民と小僧の市松に見守るように告げたそうだが、なぜ、このふたりだったのだ？」

「たまたま通りかかったのが、そのふたりだったのです」

「お染が部屋で休んでいる間、宴席のほうで特に騒ぎが起きたことはないか」

「いえ、ありません」

「で、半刻（一時間）後に、その部屋に行ったとき、襖の前に誰がいた？」

「はい、お民と市松、それに部屋の中にいるはずのお峰が、襖の前の廊下に座っていました」

「で、お峰が外にいるのを見て、どうしてここにいるのかとはきかなかったのか」

「ききました。そしたら、お嬢さまがひとりにしてくれと言うのでと答えました」

「なるほど。それから部屋に入ると、真っ暗だったのだな」

「はい。行灯《あんどん》の灯《ひ》は消えていました。それで、女中にすぐ明かりをつけさせました。そしたら、部屋には誰も……」

角太郎は無念そうに唇《くちびる》を嚙《か》みしめた。

剣一郎はため息をついた。お染とお峰がつるんで企てたという前提で一連の動きをもう一度きいてみたが、なにも手掛かりは得られなかった。

「すまぬが、女中のお民を呼んでもらいたい」

「わかりました」

角太郎は立ち上がって部屋を出て行き、すぐにお民がやって来た。

「ここへ」

剣一郎はお民を招いた。

「失礼します」

お民は遠慮がちに入ってきて腰を下ろした。

「すまない。また、聞かせてもらいたい」

「はい」

「『大島屋』の女中のお峰のことだ」

剣一郎は口を開く。

「そなたが若旦那から声をかけられたとき、若旦那は何と言ったのだ」

「花嫁は『大島屋』の女中が付き添って休んでいるからそっとしておいてくれ。ただ、何か用が出来るかもしれないので部屋の前に控えていてほしいと」

「それからしばらくしてお峰が出てきたのだな」

「はい、そうです」

「お峰は何と言った？」

「ひとりにしてくれと言われたのでと」

「その後、お湯を沸かしてくれとか、何か物をもってきてくれとか、花嫁から頼まれなかったか」

「いえ」

「そなたと市松が、お峰から用を言いつけられて、その場から離れるようなことはなかったのか」

剣一郎は重ねてきいた。

「ありません。私たちは一歩たりとも動いていません」

お民は首を横に振った。

「ずっとそこにいたのか」

剣一郎は落胆しながらきいた。

「はい」

「お峰もか」

「はい。三人とも若旦那がくるまでそこに座っていました」

うむ、と思わず唸《うな》った。

お民と小僧の目があっては、お峰の協力があったとしても、部屋から脱け出すことはできない。

「三人で待っているとき、お峰はそなたに何か言ったか」

「いえ、少し離れたところで黙って座っていました」

「お峰に変わったことはなかったか」

「いえ、ずっと座ったままでした」

「そうか」

「お峰さんは何と仰っているのでしょうか」

お民が気にした。

「じつは、お峰は『大島屋』に戻っていないのだ」

「えっ？」

「お峰はあの晩から姿を消したらしい」

「まあ」

お民は絶句《ぜっく》したが、

「でも……」

と、呟いた。

「何か知っているのか」

「いえ。昨日、市松がお峰さんを見たと言ってました」

「市松が？」

「番頭さんに頼まれて神田明神下《みょうじんした》の得意先に品物を届けに行った帰り、お峰さんを見かけたと言っていました」

「市松を呼んでもらおうか。いや、帰りがけに声をかけよう。すまない、角太郎を呼んでもらいたい」

「はい」

お民が下がり、代わって角太郎がやって来た。

「たびたびすまぬ。『大島屋』の女中お峰のことだが、お染はお峰のことを何か言っていたか」

「いえ。特には」

「お染に付き添ってきた『大島屋』の女中は他にもいるのか」

「いえ、お峰だけでした」

「わかった。邪魔をした」

剣一郎は客間を出て、店のほうにまわった。

すると、小柄な小僧が近寄ってきた。

「青柳さま。市松でございます。お民さんから言われて」

お民が気を利《き》かせてくれたようだ。

「市松か。昨日、お峰を見かけたそうだな。そのときの様子を教えてくれるか」

店の隅で、剣一郎は市松に言った。

「はい。明神下のお得意先からの帰り、筋違《すじかい》御門を抜けて柳原《やなぎわら》通りに入ったときに向こうから歩いてくる女のひととすれ違ったのです。『大島屋』の女中さんだと思いました」

「間違いないか」

「はい。あの騒ぎがあったときにいっしょだったひとですから、顔をよく覚えています」

「すると、お峰は両国のほうからやって来たのか」

「はい」

「どこに向かったかわからぬか」

「いえ。振り返ったら、女のひとも立ち止まってこっちを見ていたのですが、先を急いでいたので」

市松は困り顔で言う。

「いや、よく知らせてくれた。礼を言う」

剣一郎が褒《ほ》めると、市松はうれしそうに顔を綻《ほころ》ばせた。

『川田屋』を出て、剣一郎は奉行所に向かいながら、お染とお峰はまだ江戸にいるようだと思い、安堵《あんど》した。一番恐れていたのは、お染が江戸を離れてしまうことだ。行方を捜すことが難しくなる。

奉行所に戻ると、宇野清左衛門に呼ばれた。

作田新兵衛が帰ってきたと言い、清左衛門は昨日の部屋に向かった。ほどなくして、薬の行商人の格好をした新兵衛がやって来た。

「最前、戻りました」

昨日は草加宿で泊まってきたのだろう。

「ごくろう」

剣一郎は新兵衛をねぎらった。

「やはり、例の土蔵は十年前に取り壊されていました。土地《ところ》の古老にきくと、あの土蔵はある豪農の庭にあったものだと。今から四十年前に豪雨であの一帯が水没するという被害に遭ったそうです。それを機に、豪農は宿場にほど近いところに引っ越したので、その後はまったく使われずに残っていたそうです」

「土蔵にまつわる怪しい話はあるのか」

「はい。使っていないので、傷《いた》むのも早く、周囲は草がぼうぼうと生《は》え、無気味《ぶきみ》な雰囲気《ふんいき》を漂わせているため、付近の者はあまり近づかなかったようです。それに」

　新兵衛は息継ぎをして続ける。

「ときたま、浮浪《ふろう》の者や怪しい者が入り込んでいたようで、あの土蔵でひと殺しもあったと」

「三十年前の女が消えたという騒ぎはあの周辺の者は知っているのか」

「古老は覚えていました。三十年ほど前、お侍さんたちが女が消えたと騒いでいたと言っていました」

「やはり、そういうことがあったのだな」

「はい。あの土蔵ならそんなことがあっても不思議とは思わなかったと言ってました」

「やはり、奇怪な話を受け入れる素地がある土蔵のようだな」

　剣一郎は苦い顔をした。

「それから、土蔵の持ち主だった豪農の主人に会ってきました。今は代替わりをしていて、倅が当主になっています。今の当主は子どものころに土蔵に入って遊んだことがあるそうですが、出入口は扉だけで、ずっと高いところに窓があったのを覚えていると言ってました」

「倉木さまの仰ることに間違いはないようだ」

「これから、いかがいたしましょうか」

新兵衛がきいた。

「胡蝶がいた旅芸人の一座について調べてもらいたい。江戸では、両国広小路の小屋掛けにも出ていたようだ。倉木さまの備忘録には、太田菊次郎《おおたきくじろう》一座と記されている」

「太田菊次郎ですね」

「座頭の菊次郎がまだ達者《たっしゃ》でいるかどうか。生きているとしても、年齢を考えたらもう隠居しているだろう。当時の一座の者でも誰か見つかれば」

「わかりました。探してみます」

「太田菊次郎がどこの出かわからぬ。場合によっては旅に出なければならないかもしれない。ご苦労だが、頼む」

新兵衛が先に引き上げたあと、清左衛門が顔をしかめて言った。

「三十年前のことが今さらわかるだろうか」

「倉木さまは一途に胡蝶への思いを抱き続けています。その思いに応えなければなりませぬ」

「そうだの」

清左衛門も頷いた。

「これから、倉木さまにお会いしてきます」

そう言い、剣一郎は清左衛門と別れ、奉行所を出た。

四

夕暮れてきて、いくぶん暑さが凌《しの》ぎやすくなった。庭を通して部屋に入り込む風も、涼しさを運んでくる。

白岡藩倉木家の中屋敷を訪れ、剣一郎は倉木紀之助と相対していた。

「少しお訊《たず》ねしたいことがあって参りました」

剣一郎は切り出す。

「うむ、何か」

「紀之助さまは胡蝶どのとどこを目指していくところだったのでしょうか」

「白河《しらかわ》だ」

「白河？」

「胡蝶の故郷だそうだ。そこで百姓をして過ごすつもりだった」

「それで、奥州街道を目指したのですか」

「そうだ」

「しかし、すぐ追手が迫ってきました。なぜ、気づかれたのでしょうか」

「父上はわしの動きを予期していたようだ」

紀之助は苦い顔をした。

「問題の土蔵ですが、あの土蔵は偶然に見つけたのですか」

「そうだ。夜半に雨に降られた。草加宿の旅籠に泊まれば、すぐ追手に知られる。だから、荒れ寺でもないかと探していたら土蔵が目に入ったのだ」

「そうでしたか」

「まさか、追手がそれほどすぐ近くまで迫っているとは思いもしなかった。あとで笠十郎太になぜ、わしが逃げる方向がわかったのかときいた。すると、会津《あいづ》の殿さまに助けを求めるのではないかと考えたと。皮肉なものだ。十郎太はわしが会津に行くと思って追ってきた。だが、わしが目指していたのはその手前の白河だ」

「会津藩に庇護《ひご》を求めるお気持ちはなかったのですか。倉木家とは深いつながりがおありでは？」

「わしの祖母が会津藩主の正室の妹だった。だからこそ、わしの我が儘《まま》に巻き込みたくなかった。胡蝶の故郷で、名を変えて胡蝶とふたりで生きていくことにしたのだ」

遠くを懐《なつ》かしむように、紀之助が目を細めた。

「座頭の太田菊次郎の国はきいていないのですね」

「聞いていない。ただ諸国を旅してまわっていた。一座は白河で胡蝶を見つけたのだろう」

「白河に胡蝶どのはいなかったのですね」

「いなかった。わしが家督《かとく》を継いだときも白河にひとをやって捜した。だが、いなかった。一座にも戻っていなかった。ほんとうに消えてしまったのだ」

「そうですか」

「じつを言うと、とうに胡蝶は死んでいるのではないかという気もしている。そうであったとしてもよい。真実を知りたいのだ」

紀之助は真剣な眼差《まなざ》しで訴えるように言う。

「胡蝶どのは生きておいでだと思います」

剣一郎は自信に満ちた口調で言う。

紀之助は剣一郎の顔をまじまじと見つめ、

「ひょっとして、そなたは何かわかったのではないか」

と、目を見開いてきいた。

「いえ、まだでございます」

「では、なぜ、胡蝶が生きているとわかるのだ」

「勘でございます」

「勘……」

「もうしばらくお待ちください。必ずや、真実を摑んでみせます」

「わかった」

紀之助は大きく息を吐き、

「剣一郎、そなたを信じて待つ」

と、笑みを浮かべた。

いつの間にか、部屋の中は薄暗くなっていた。女中が明かりを灯《とも》しにやって来た。すべての鍵《かぎ》は旅芸人一座の座頭太田菊次郎が握っている。剣一郎はそう睨《にら》んでいた。

三味線堀《しゃみせんぼり》を過ぎ、向柳原《むこうやなぎわら》から新シ橋《あたらしばし》に差しかかった。すると、対岸の柳原の土手を和泉橋《いずみばし》のほうに向かって走っていく京之進を見た。

剣一郎は新シ橋を渡ってすぐ、京之進の駆けていったほうに向かった。草いきれがする。前方に数人の人影があった。

剣一郎が駆け付けると、京之進は草むらの中に立っていた。

「青柳さま」

岡《おか》っ引《ぴ》きの吾平が気づいて叫んだ。

その声に、京之進が振り返った。

「殺しか」

剣一郎は近づく。

「はい。女です」

京之進は顔をしかめた。

剣一郎は亡骸《なきがら》の前に立ち、手を合わせてから検《あらた》めた。

青地の単衣《ひとえ》に扇《おうぎ》の柄。細面《ほそおもて》で目鼻だちが整っている。二十四、五歳か。喉に傷があった。女の手には血のついた短刀が握られていた。

「自死でしょうか」

「いや、自死にしては不自然だ。まず、死に場所だ。こんな外で、喉を突いて死ぬだろうか。裾の乱れも気にかけていない」

たとえ武家の妻女でなくとも、死後の乱れた姿を見せないように気を使うはずだ。すくなくとも、膝《ひざ》を紐《ひも》で縛《しば》り、裾が乱れないようにするのではないか。

女の手から短刀をとる。長さは八寸三分（約二十五センチ）、刀身は五寸八分（約十七・六センチ）ほど。

「あとで握らせたようだ」

「自死に見せかけた殺しですか」

京之進が憤然と言う。

「女を背後から抱え込んで喉に短刀を突き刺し、倒れたあとに短刀を握らせたのだろう。だが」

剣一郎は顔をしかめ、

「今のはわしの想像であって、殺しだという明確な証はない」

「書き置きらしいものはありません」

「まずは殺しを疑ったほうがいい」

「はい。死後しばらく経っています。死んだのは昨夜のようですね。朝になってから、そこそこひとが通ったでしょうが、誰も死体に気づかなかったとは……」

　京之進が言う。

「草がかなり伸びている。この草むらの中に倒れていたので土手の上からでも見えなかったのだろう。死体を見つけたのは？」

「煙草《たばこ》売りの男です。小便をしようと川際に行き、死体を見つけたそうです」

　そばにいた吾平が答える。

「身許を示すものは？」

「ありません」

「武家の娘とは思えぬが」

　剣一郎は亡骸の特徴を調べていて、ふと脳裏《のうり》を何かが掠《かす》めた。そのとき、目に何かが飛び込んだ。

「おや、ここに」

　亡骸の左腕をまくった。二の腕に鮮やかな緋牡丹《ひぼたん》の彫《ほ》り物があった。

「彫り物だ」

「堅気《かたぎ》の女ではなさそうですね」

京之進も彫り物を見て言う。

「煙草売りの男が何か言っています」

吾平が土手の上に目をやった。煙草売りの男がこちらに手を振っていた。吾平が土手を上がって行き、すぐにふたりでこっちにやって来た。

「ホトケを知っているようです」

吾平は剣一郎と京之進に言ってから煙草売りに顔を向け、

「話してみろ」

と、促した。

「へい」

煙草売りは頭を下げてから口を開いた。

「おさんという女だと思います」

「おさん？　なにをしている女だ？」

京之進がきく。

「廻髪結《まわりかみゆ》いです。それも男の髷《まげ》のほうです」

「女でか」

「へえ。でも」

　煙草売りは声をひそめ、

「ほんとうは春をひさいでいるんですよ」

　と、口元を歪《ゆが》めた。

「売春婦か」

「武家屋敷や商家などに入り込んで商売をしているようです。あっしらみたいな者は相手にしちゃくれませんが」

「どこに住んでいるか知らないか」

「いえ、知りません。ときたま、朝に橋場や今戸付近で見かけましたから、あっちのほうに住んでいるんじゃないでしょうか」

「ごくろうだった。また、何かきくことが出てくるかもしれぬ。名前と住まいを教えてもらおう」

「わかりました」

　煙草売りが名乗るのを聞いてから、京之進は剣一郎に顔を向けた。

「そういう商売ですと、客の男と金で揉めたかもしれませんね」

「そうだな。それより、指物師の恭助のほうはどうだ？」

「それがあまり思わしくありません。恭助が受け持っていた仕事先を当たっているのですが、誰かに恨《うら》まれるようなことはないようです。ただ、朋輩の職人が恭助には女がいるのではないかと言ってました」

「石浜のほうには女に会いに行ったと考えると、恭助の動きも説明がつくが」

剣一郎が言うと、京之進があっと叫んだ。

「青柳さま。この女の住まいが橋場か今戸付近だとしたら、あの夜、恭助はこの女のところに向かったとは考えられませんか」

「こちらも喉への一突き、同じ下手人の仕業かもしれん」

「恭助に続いてこの女が殺されたのは、何かつながりがあるのではないでしょうか」

「十分に考えられる」

剣一郎もその考えに首肯《しゅこう》した。だが、何か気になる。それが何かわからない。これが突破口になるかもしれないと、京之進は勇《いさ》んだ。

あとを任せて、剣一郎はその場を離れた。

その夜、太助が屋敷にやって来た。

「夕餉を食ったか」

剣一郎はきいた。

「いえ……」

「だったら食ってこい」

「でも」

「そなたのぶんも支度《したく》が出来ている」

「そうですかえ。いつもいつも、すみません」

太助は部屋を出て行った。

柳原の土手で見つかった女のことで、剣一郎は何か気になっていた。今になってもそれが何かわからないのだから、たいしたことではないのだろう。

そう思っても、やはり喉に何か絡んだようにすっきりしない。何か考えを妨《さまた》げているものがあるのかもしれない。

太助が戻ってきた。

「早いな」

「たくさん頂きました」

太助は答えてから、

「やはり、お染には男がいたようです。『大島屋』の近くにある惣菜屋の内儀《おかみ》が、日暮れに待乳山《まつちやま》聖天《しょうでん》の鳥居の前に立っているお染を見かけたことがあったそうです。残念ながら、男は見ていません」

「お染に男がいたと考えていいだろう。お染は今、その男とどこかに潜んでいるのだ」

「どんな男でしょうか」

「わからぬが、おそらく『大島屋』から見れば身分違いな男かもしれない。その男とお峰の手により、お染は姿をくらますことが出来たのだ」

「ってことは、その男は祝言の夜、『川田屋』の近くにいたんですね」

「そうだ、その男の手引きで床下から脱け出たと考えるとすっきりするのだが、床下が使われた形跡はない」

お染はあの部屋からどうやって脱け出したのか、その難問がどうしても壁のように立ちはだかってくる。

いずれにしろ、お染と男、それにお染に付き添っていたお峰の三人がつるんでいることは間違いない。

そう思ったとき、剣一郎ははっとした。

柳原の土手で死んでいた女を見ながら一瞬脳裏を掠めたものがあった。それが何なのか考える前に、剣一郎の目に緋牡丹の彫り物が飛び込んだ。

そのことで、脳裏を掠めたものの正体に考えが及ばなくなったが、あのとき、頭に浮かんだのはお峰のことだった。

小僧の市松が柳原通りでお峰とすれ違ったという。そのことが頭にあって、同じぐらいの年齢の女からお峰のことを思い浮かべたのだ。

殺された女がお峰かどうか。無駄を承知で確かめてみたいと思った。

ふと気がつくと、太助が怪訝《けげん》そうな顔で剣一郎の顔を見ていた。

「すまぬ。ちょっと思いついたことがあってな」

剣一郎は太助にそのことを話した。

太助は首を傾げながら聞いていたが、

「青柳さま、お言葉ですが、それはどうでしょうか。そんな偶然があるとは思えませんが」

と、疑問を口にした。

「確かに、そのとおりだ。だが、いちおう、ひっかかるところは確かめておきたい」

剣一郎もお峰ではあるまいと思ったが、思い浮かんだことははっきりさせておこうと思った。

五

朝陽が奉行所の庭に射し込んでいる。剣一郎は死体置場に、『川田屋』の若旦那、角太郎を案内した。

京之進も立ち会いのもと、角太郎が亡骸を検めた。恐る恐る顔を覗き込む。そして、目を剝《む》いて顔を背《そむ》けた。

「どうだ?」

剣一郎はきいた。

「知らないひとです」

「よく見たか。お染に付き添ってきたお峰という女ではないか」

「違うと思います。じつは私はお峰の顔をよく見たわけではないので」

死体を見たせいだろうが、角太郎の顔は青ざめていた。

「そうか」

もう一度見ろと無理強《じ》いは出来なかった。

角太郎が引き上げたあと、『大島屋』の主の光太郎がやって来た。死者の顔は生前と違って見える。そこで、念には念を入れたのだ。

だが、光太郎も亡骸を見て、お峰ではないと言った。そのあとで、じつはあまりよく顔を見ていないのだと、角太郎と同じことを言った。

ふたりの答えははっきりしないが、いずれも否定的だった。やはり、お峰ではなかったと、剣一郎も思うようになった。

「ごくろうだった」

光太郎は引き上げて行った。

その頬《ほお》はこけ、さらに憔悴しているようだ。

お染から何の知らせもないことは一目瞭然《いちもくりょうぜん》だ。『川田屋』との縁組が叶わず、『大島屋』にとっては大きな痛手であろう。

「わしの考え過ぎだったようだ」

剣一郎は京之進に言った。

「いえ」

「で、廻髪結いのおさんの住まいはわかったのか」

「はい。今戸の一軒家に住んでいました。住み込みの婆《ばあ》さんがいるのですが、おさんは三日前から帰っていないそうです」

「やはり、おさんに間違いないようだな」

「はい。婆さんは足が悪くてここまで来られないのでホトケの確認は出来ませんが、婆さんが言うには、おさんの二の腕に緋牡丹の彫り物があるとのこと。やはり、ホトケはおさんに間違いありません」

「うむ」

「それから、恭助らしき男のことは知らないそうです」

剣一郎は亡骸のところに戻り、合掌《がっしょう》してからもう一度顔を見た。生前と顔の印象は違うだろう。角太郎にしても光太郎にしても、お峰と長く接したわけではない。そこに錯誤《さくご》はなかったか。

「そなたはお峰ではなかったのか」

剣一郎は思わず声をかけていた。

剣一郎は数寄屋橋御門を抜けたところで太助と落ち合った。

「いかがでしたか」

「違った」

剣一郎は苦笑し、

「確かに考えてみれば、春をひさぐのを生業としているおさんと、商家の娘のお染との結びつきは考えられぬ。わしとしたことが読み違えた」

そう言いながらも、剣一郎はまだすっきりしなかった。

日本橋を渡り、本町《ほんちょう》通《どお》りに入り、大伝馬町に差しかかった。前方に『川田屋』の屋根看板が見えてきた。

店先で、小僧の市松が打ち水をしていた。

「太助。ちょっと『川田屋』に寄って行く」

剣一郎は足を『川田屋』に向けた。

水を撒《ま》いていた手を止め、市松が顔を向けた。柄杓《ひしやく》を桶に戻し、市松は頭を下げた。

「市松。ごくろうだ。水を撒くと、やはり涼しくなるな」

「はい」

市松ははにかんだ。

「もう一度ききたいのだが、柳原通りでお峰とすれ違ったとき、お峰はどんな姿だったか覚えているか」

「はい。きれいな青の着物でした」

「なに、それはほんとうか」

「はい、涼しげだったので」

「そなた、いや」

市松におさんの顔を確かめてもらおうとしたが、子どもには酷《こく》かもしれないと思い、

「すまぬが、お民を呼んでもらえぬか」

と、頼んだ。

「はい」

市松は店の中に入って行った。

すぐに手を離せないのか、お民はなかなか現われなかった。市松も戻ってこない。

店に入ろうとしたとき、ようやくお民がやって来た。

「すみません」

お民が頭を下げた。

「どうした、いきなり」

「はい。今、お店を離れられないのです」

お民は小さな声で言う。

「そうか」

「すみません」

「では、あとで出直そう」

「あとでも」

「どういうことだ？」

「わけは言えないんです」

「誰かに何か言われたのか」

「…………」

「旦那か若旦那にだな」

「……よけいなことに関わるなと」

お民におさんの亡骸を見せたくないからか。見せたらまずいことでもあるのか。

「わかった。そなたを苦しめたくない。ひとつだけ、教えてもらいたい」

「はい」

「お峰はどのような顔をしていた？　丸顔か細面か」

「細かったです」

「他に何か特徴はなかったか」

お民は店のほうを気にしながら、

「これははっきりしないのですが、若旦那がやって来ると、お峰さんが襖を開けようと座ったまま引手に手をかけたのですが、そのときちらっと二の腕が見えて」

「何を見た？」

「一瞬だったのでよくわかりませんが、もしかしたら彫り物だったかも……」

「そうか、よく覚えていた。礼を言う。さあ、戻りなさい。今のことは黙っているのだ」

「はい。失礼します」

お民は急いで店の中に入って行った。

剣一郎と太助は本町通りを浅草御門に向かった。

「青柳さま。これはどういうことでしょうか」

「わからん。だが、お染に付き添った女中はやはりおさんだったようだ。そのおさんが殺された。どういうことか」

「でも、角太郎や光太郎がお峰ではないと言ったのですよね。これはどういうことなのでしょうか」

「ふたりともお峰とはそれほど長く顔を合わせていない。いや、まともに顔を見合わせたかどうかも怪しい。だから、よく覚えていないと本人たちも言っていた。それにホトケの顔は印象が違って見えるからな」

「なるほど」

「もしかしたら、市松もお民も死に顔を見たら否定していたかもしれない」

剣一郎は歩きながら考える。

お染に付き添っていたお峰は、廻髪結いで春をひさぐおさんだった。つまり、お染はおさんと共に祝言の席に臨《のぞ》んだ。

お染とおさんに付き合いがあったとは思えない。ふたりをつなぐのは、お染の間夫《まぶ》だ。間夫がおさんを引き入れ、花嫁が消える筋書きを作ったのだろう。

企てはまんまと成功し、間夫とお染は無事に隠れ家に潜んだ。だが、おさんがふたりに苦情を入れた。おそらく、金のことではないか。

さらに金を払わないなら真相をぶちまけてやる。そう脅した。それで、間夫がおさんを殺す羽目《はめ》になった……。

剣一郎は自分の考えを太助に話した。

「やはり、お染の男ですね。黒幕は」

太助も同じ考えだった。

浅草御門を抜け、蔵前《くらまえ》を経《へ》て、ふたりは東仲町《ひがしなかちょう》に向かった。足袋《たび》問屋『三州《さんしゅう》屋《や》』の娘お孝《こう》が、『大島屋』のお染と親しいと太助が聞いてきたのだ。

駒形町から並木町《なみききちょう》を過ぎて東仲町に入った。足の形をした看板が屋根にかかっている。

『三州屋』の間口の広い店を覗くと、たくさん客がいて繁盛《はんじょう》しているようだった。

ふたりは勝手口に回り、太助が戸を開けて声をかけた。

「ごめんくださいな」

すぐに女中が出てきた。

「こちら、南町与力の青柳剣一郎さまです。お孝さんにお会いしたいのですが、いらっしゃいますかえ」

「はい、今すぐ」

女中はあわてて奥に向かった。

すぐ女中は戻ってきた。後ろから、若い女がついてきた。十八歳ぐらいに見える。

「お孝です」

若い女が上がり框《がまち》の前に腰を下ろした。

「『大島屋』のお染のことで教えてもらいたい」

剣一郎が口を開く。

「あの客間のほうに」

お孝が言ったが、

「いや、長くはかかるまい」

と、剣一郎は答える。

お孝は頷き、居住《いず》まいを正した。女中は黙って下がった。

「お染とは幼なじみだとか」

「はい。子どものころからよく遊びました」

「今も親しく付き合っていたのだな」

「はい」

「では、今回のこと、どう思っている?」

「信じられません」

お孝は細い眉《まゆ》を寄せた。

「お染から知らせはないのか」

「ありません」

「今、どこにいるか、想像はつかぬか」

「まったくわかりません。ほんとうに鬼に食べられてしまったのではないかとさえ思うほどです」

お孝は表情を曇《くも》らせた。

「お染に好きな男がいたようだが、知っているか」

「はい。でも、誰かは教えてくれませんでした」

「なぜ、話そうとしないのだ?」

「どうせ結ばれないからと」

「なぜ、結ばれないのだ?」

「お店のためになる縁組しか認めないと、父親が言っていたそうです。嫁ぐ相手を自分では決められないと嘆《なげ》いていました」

「その男のことが心底《しんそこ》好きだったのか」

　剣一郎は確かめる。

「そうだと思います。『川田屋』さんとの結納《ゆいのう》が済んだとき、お染ちゃん、かなり塞ぎ込んでいました。駆け落ちするかもと、怖い顔で言ってました」

「駆け落ちか」

　剣一郎は頷いてから、

「お染の好きだった男が誰か心当たりはないか」

と、お孝の若々しい顔を見る。

「私はわかりません。もしかしたら、稲荷町《いなりちょう》にある『青雲堂《せいうんどう》』の守太郎《もりたろう》さんならご存じかもしれません」

「なぜ、知っていると思うのだ？」

「守太郎さん、お染ちゃんにかなり熱を上げていたんです。だから、私にお染ちゃんの相手は誰だときききにきたことがあります。私も知らないと答えると、必ず相手の男を突き止めてやると言ってました」

「突き止めたかどうかはきいていないのだな」

「はい。あまり、会うこともないので」

「『青雲堂』というのは仏具《ぶつぐ》屋か」

「そうです」

「わかった。邪魔をした」

「あっ、お待ちください」

お孝が呼び止め、

「お染ちゃんは今、どうしているんでしょうか」

と、心配そうにきいた。

「好きな男といっしょにいるはずだ」

剣一郎は言い切った。

「何かわかったら知らせよう」

剣一郎は外に出た。

そこから稲荷町に向かった。

田原町から東本願寺《ひがしほんがんじ》の前を過ぎ、新堀川《しんぼりがわ》を渡って稲荷町にやって来た。片側に仏具屋が軒《のき》を連《つら》ねている。

『青雲堂』はすぐにわかった。店の中には大きな仏壇がでんと構え、端には小ぶりの仏壇も飾ってある。

法被《はっぴ》を着た番頭らしい男に太助が声をかける。

「守太郎さんはいらっしゃいますかえ」

顔を向けた番頭は剣一郎に気づいて、

「これは青柳さま」

と、会釈《えしゃく》をし、

「若旦那ですね、すぐ呼んで参ります」

奥に向かった番頭は若い男といっしょに戻ってきた。
二十三、四歳の色白の痩《や》せた男だ。
「守太郎か」

剣一郎は確かめる。

「はい」

「『大島屋』のお染のことできたいのだが」

「あの、外でよろしいでしょうか」

守太郎は番頭の耳を気にしたようで外に促した。通りの反対側は寺が並んでいる。一番近い寺の山門をくぐった。

こぢんまりした境内《けいだい》の植え込みの近くで立ち止まって、剣一郎は切り出した。

「お染の騒ぎは知っているな」

「はい」

「そなたは何があったと思う？」

「お染の間夫が、祝言の席からさらっていったんじゃありませんか」

守太郎は少し憤然として言う。

「どうしてそう思うのだ？」

「お染はその男といっしょになると言ってましたから」

「なぜ、お染はそなたにそんなことを話したのだな」

「…………」

守太郎は唇を噛んだ。

「どうした？」

「『川田屋』との縁組の話を聞いたあと、『川田屋』に行くな、私といっしょになってくれと申し入れたんです。そしたら、私には好きなひとがいる、と」

「その男が誰かわからないか」

「わかりません。ただ、商人《あきんど》じゃありません。もしかしたら、堅気じゃないのかもしれません」

「どうしてそう思うのだ？」

「祝言の席から花嫁をさらっていくなんて、よほど肝《きも》の据わった男に違いありませんから」

「なるほど。遊び人ということも考えられるな」

仲間のおさんを殺しているのだ。堅気ではないと考えるほうが自然かもしれない。

「誰か見当《けんとう》はつかないか」

「いえ」

守太郎は首を横に振った。

「お染はやくざな男に惚《ほ》れるような女なのか」

「そんな女じゃありません。ですから不思議です」

そう言ったあとで、守太郎はあっと声を上げた。

「何か」

「はい。田原町三丁目に今ある塩屋は、十二、三年前まで『野田屋《のだや》』という店でした。『野田屋』の旦那が博打《ばくち》で大負けをして店が人手に渡ってしまったんです。旦那は首を括《くく》り、内儀さんと浅吉《あさきち》という男の子はどこかに引っ越していきました。浅吉は当時十歳でした。お染とは仲がよかったんです」

「お染の男は、その浅吉だと言うのか」

「浅吉は田原町を去るとき、きっと『野田屋』を再興すると叫んでいたんです。浅吉とお染は再会したのかもしれません」

守太郎の目に嫉妬《しっと》の炎が上がるのを見た。

「浅吉の消息を聞いたことは？」

「ありません。浅吉のことは今までずっと忘れていました。もしかしたら、あれから浅吉はやくざな暮らしをするようになったんじゃ……」

「よし、調べてみよう」

剣一郎は新たな手掛かりを得て、勇躍《ゆうやく》しながら山門を出た。相変わらず、強い陽射しが降り注いでいた。

第三章　間夫《まぶ》

一

剣一郎は田原町の自身番《じしんばん》に寄った。詰めていた家主《やぬし》が居住《いず》まいをただし、

「これは青柳さま」

と、声をかけた。

「ちょっとききたいことがあって寄った。十数年前まで町内に『野田屋』という塩屋があったそうだが」

「『野田屋』さんですか。はい、ございました。赤穂《あこう》の塩を扱い、かなり繁盛《はんじょう》していたのですが」

家主は沈んだ顔をした。

「主人の博打《ばくち》のせいで、店を手放す羽目《はめ》になったというのはほんとうか」

「そうです。あげく、首を括《くく》って」

「残された家族は今、どこにいるか知らないか」

「おすみさんは日暮里《にっぽり》のほうにいるようです」

「内儀《ないぎ》はおすみという名か」

「はい」

「日暮里のどこだ？」

「詳しくは聞いておりませんが、花を栽培しているようです」

「どうして知っているのだ？」

「今年の春、十三回忌の法要で、内儀さんが今戸の天慶寺《てんけいじ》にやって来ました。私どもの菩提寺《ぼだいじ》も天慶寺でして、偶然に再会したのです」

「そうか。元気そうだったのか」

「はい」

「倅《せがれ》の浅吉は？」

「内儀さんひとりでした」

「ひとりで、十三回忌の法要をしていたのか」

「親戚筋と付き合いはないそうです。店をとられた末に勝手に死んでいった野田屋さんを、親戚の者は許そうとしないようです」

「いたましいな」

剣一郎は呟《つぶや》いて、

「倅の浅吉を探したいのだが、手掛かりはないか」

「内儀さんは浅吉のことは何も仰《おっしゃ》っていませんでした」

「そうか。わかった」

剣一郎は礼を言い、自身番を出た。

ちょうど、太助が駆けてきた。

「もう一度、お孝に会ってきました。浅吉の名を出すと、お孝もあり得るかもしれないと言ってました。浅吉とお染は仲がよかったそうです」

「わかった。ところで、これから日暮里に行ってもらいたい」

剣一郎は自身番で聞いたことを話した。

「わかりました。行ってきます」

太助は軽い足取りで去って行った。

剣一郎はいったん奉行所に戻った。作田新兵衛はまだ戻っていなかった。

その夜、夕餉《ゆうげ》のあとに、新兵衛と京之進が相次いでやって来た。

「ごくろう。では、新兵衛から話してくれ」

剣一郎は新兵衛に声をかけた。

「はっ」

新兵衛は軽く頭を下げてから口を開いた。

「浅草奥山《おくやま》や両国広小路、それから芝界隈の香具師《やし》の元締や見世物小屋の主人、旅芸人の一座などに昔の太田菊次郎一座についてきいてまわりました。浅草に一座をよく知る元締がおりました」

「ほんとうか」

剣一郎は胸が轟《とどろ》いた。

「はい。七十近い老人で、ほとんど寝たきりのようでした。でも、頭はしっかりとしていて、昔のことをよく覚えていました」

新兵衛は続ける。

「それによると、座頭の菊次郎は十年ほど前に亡《な》くなり、一座も解散したそうです」

「やはり菊次郎は亡くなっていたか」

無理もないと思った。三十年も経《た》つのだ。

「一座の者がどこに行ったかはわかりません。他の一座に入った者もいれば、芸人を辞めた者もいたそうです」

「胡蝶のことは？」

「三十年ほど前に一座を抜けたと聞いていたそうです。その後、胡蝶の話題は聞いたことはなかったそうです」

「倉木さまとのことは？」

「知らないようです」

「そうか」

「ただ、気になったことが」

新兵衛はやや身を乗りだし、

「座頭の菊次郎は江戸に来ると、浅草の元締のところに草鞋《わらじ》を脱いだそうですが、毎年ひとりでどこかに出かけていたと言います」

「出かけていた？」

「はい。行き先をきいても、菊次郎は答えなかったそうです」

「ひとりで出かけていたか」

剣一郎は呟く。

胡蝶のところか。あるいは女のところか。はたまた別の事情があったのか。それだけでは何とも言えない。

「他の一座に入った者は誰かわからないか」

「そこまではわからないようです」

「三十年前の一座は七人。当時で一番若いのが十九歳の男、次が二十二歳の胡蝶だった。一番若い男は一座が解散した十年前は四十ぐらいだな。今は五十近くになっている。もし、その男がまだ芸人をやっているとしたら、座頭になっているかもしれぬ。自分の名を冠《かん》した一座を持っているのではないか」

剣一郎は僅《わず》かな手掛かりにも縋《すが》るように、

「旅芸人の一座をすべて当たってくれぬか。その中に、当時一番若かった男がいるかもしれない」

「わかりました」

新兵衛が引き上げたあと、京之進が切り出した。

「おさんの喉《のど》を一突きしたと思える短刀ですが、住み込みの婆《ばあ》さんの話ではおさんはそのようなものを持っていなかったそうです」

「やはり、下手人《げしゅにん》のものだな」

「恭助がおさんの家に行っていないことは婆さんの話でわかっていますので、近くで落ち合っていないか調べましたが、その形跡《けいせき》はありませんでした」

「恭助とおさんのつながりは見えないか」

「はい。残念です。恭助はお染が消えた件《くだん》の企《たくら》みを偶然に知って殺された、と想像してみたのですが」

「お染の間夫《まぶ》が恭助を殺し、そしておさんを殺したとなればすっきりするのだが、やはり、まったく別の事件なのかもしれぬ」

　剣一郎も落胆したように言う。

「お染の間夫は見当《けんとう》がついたのでしょうか」

「これから調べるところだが、浅吉という幼なじみの男が浮上した」

　剣一郎は浅吉について語った。

「母親が日暮里のほうに住んでいるらしい。今、太助が母親の住まいを探している」

「浅吉がおさんを殺したのでしょうか」

「間夫だとしたら、そう考えるのが自然だろう」

「浅吉とお染はいっしょに隠れているのでしょうね」

「うむ。だが」

剣一郎は呻《うめ》くように、

「あの部屋からどうやってお染が脱け出たのか。悔しいが、まだわからぬ」

と、腕組みをした。

「いかん。どうしても、思い込みがあるようだ。その思い込みが考えの邪魔をしている」

何か大きな間違いをしているのだ。

思い込みを捨ててかからねばならないと頭でわかっていながら、思い込みから脱しきれなかった。

「京之進。そなたも恭助とおさんの殺しの件を抱《かか》えてたいへんだろうが、ふたりの無念を早く晴らしてやるのだ」

「はい」

自分自身に鞭《むち》を打つように大きな声で返事をし、京之進は引き上げた。

翌朝、剣一郎は髪結《かみゆ》いに髪を梳《と》かしてもらいながら、

「廻《まわり》髪結いのおさんを知っているか」

「先日、殺されたそうですね」

髪結いは逆にきく。

「うむ」

お染の付き添いの女だったことは、世間には知られていない。

「髪結いを装《よそお》って売春を生業《なりわい》とするのですから、とんでもない女です」

「仲間内でも知られていたのか」

「ええ、あっしは会ったことはないんですが、ちょっといい女だそうですね。皆、怒りながらも鼻の下を伸ばしていましたよ」

「どういう客を相手にするのだ?」

「多いのは勤番侍《きんばんざむらい》でしょうね。武家屋敷の長屋を流しながら客を探しているんです。次に商家の旦那衆でしょう」

「しかし、商家に招いても妻女がいるから何も出来まい」

「ええ。ですから商家に上がっては月代《さかやき》を軽く当たるだけで、そこで待ち合わせ場所を決めるんです。そして、出合茶屋で落ち合う」

「なるほど」

「客もたくさんいたでしょう。もちろん、家に誰もいなければ、その場で楽しめばいいんです」

「そうだとすると、馴染《なじ》みも出来るだろうな」

「ええ。男にしたら自分の妾《めかけ》のような付き合いが出来るのですから」

「そういうことなのか」

剣一郎は感心した。

浅吉はおさんとどうやって出会い、お染との企みの片棒《かたぼう》を担《かつ》がせたのか。ともかく、浅吉を探すためにも、まず『野田屋』の内儀に会わなければならない。


五つ（午後八時）を過ぎて、多恵が顔を出した。

「太助さん、来ないようですね」

「昨日から日暮里まで行っている。調べるのに手間取ったら今夜も来られぬだろうな」

「そうですか」

落胆したように言い、

「それにしても、今夜は風がないですね」

と濡縁《ぬれえん》に出て、まったく鳴らない釣りしのぶの風鈴《ふうりん》に目をやった。

「あら」

急に多恵の声が弾《はず》んだ。

「太助さん」

「なに、太助」

剣一郎も濡縁に出た。

庭先に太助がやって来た。息を弾ませている。

「走ってきたのか」

剣一郎は驚いてきく。

「はい」

太助は深呼吸をしてから、

「『野田屋』の内儀さんの居場所がわかりました」

「そうか、よくやった」

「新堀村の百姓家の離れに住んでいました。そこは、昔『野田屋』に女中奉公していた娘の実家だそうです。あの近辺で、『野田屋』のことをきいてまわっていたら、昔『野田屋』に女中奉公していた娘の実家なら知っているという年寄りと出会いました」

「で、その百姓家の離れに行ってみたのか」

「はい。四十過ぎと思える女のひとがひとりで住んでいました。わけを話すと、『野田屋』の内儀だと打ち明けてくれました。明日、青柳さまとお邪魔しますと約束して帰ってきました」

「ごくろうだった。飯はまだだろう」

「太助さん。いらっしゃい」

多恵が誘う。

「でも、こんな遅いのに」

「なに言っているんだ。早く食ってこい」

剣一郎は急《せ》かした。

「じゃあ、勝手口にまわります」

庭をまわって、太助は勝手口に向かった。

「父上、よろしいでしょうか」

倅の剣之助《けんのすけ》の声がした。

「剣之助か。入れ」

剣一郎は濡縁から部屋に戻った。

剣之助は吟味方《ぎんみかた》与力の見習いである。剣一郎と竹馬《ちくば》の友である吟味方与力の橋《はし》尾左門《おさもん》の下にいる。

「今、世情を騒がしている花嫁《はなよめ》が消えた件は、その後、いかがなりましたか」

「残念ながら、まだ真相究明にはほど遠い」

「さようでございますか」

「何か便乗《びんじょう》した事件でも起きたのか」

「ひとを喰らう鬼から身を守るという護符《ごふ》を売り歩いていた男が捕まりました。いたずらに、『鬼一口』の恐怖を煽《あお》り、護符を高値で売りさばいていました」

「やはり、そんな輩《やから》が出たか」

剣一郎は顔をしかめた。

「さすがの青痣与力も花嫁が消えた真相を明らかに出来ず、『鬼一口』の仕業《しわざ》と考えるしかないと、その男は言いふらしているのです」

「あれは、花嫁が自らの気持ちで消えたのであって、ひとを喰う鬼などいるはずない。だが、真相がわからないとひとは簡単に信じてしまうものなのか」

剣一郎はため息をつき、

「近々、必ず真相を明らかにしてみせる」

と、珍しく力強く言った。

「まさか、左門も信じているのではないだろうな」

剣一郎は冗談混じりに言う。

「そうですね」

剣之助は真顔で首を傾《かし》げた。

「おい、ほんとうに『鬼一口』を左門は信じているのか」

剣一郎はあわててきき返した。

「左門さまはあんな大きな体で押し出しも立派ですが、こういう話には案外と怖がりでして……」

「長い付き合いだが、左門がこの手の話が苦手なことを知らなかった」

「父上。私がそのようなことを言っていたとは左門さまには……」

「わかった。心配するな」

そこに太助が戻ってきた。

「これは剣之助さま」

太助は挨拶《あいさつ》をする。

「太助さん。いつも父の力になってくださり、ありがとうございます」

剣之助が頭を下げる。

「そんな」

太助はあわてて手を大仰《おおぎょう》に振る。

「剣之助もいることだ。酒でも酌《く》み交《か》わすか」

「でも、もう遅いですから」

「太助。今夜はここに泊まっていけ」

「えっ。でも」

「いいじゃないですか、泊まってください」

剣之助も勧《すす》める。

多恵もやって来て、

「太助さん、そうしなさい。いいですね」

多恵は決めつけるように言い、

「今、酒肴《しゅこう》を運ばせます」

と、部屋を出て行った。

「どうせなら、志乃《しの》も呼んでくるといい」

「はい、呼んできます」

こうして、その夜は久しぶりに賑《にぎ》やかな酒宴が遅くまで続いた。

二

翌日、剣一郎と太助は朝早く起きて飯を食い、日暮里に向かって出発した。

朝の涼しいうちに出来るだけ日暮里へ近づこうとしたが、三ノ輪《みのわ》を過ぎ、音無《おとなし》川《がわ》に沿ってやがて根岸《ねぎし》に差しかかったときには、陽射《ひざ》しが強くなっていた。

だが、田畑を吹いてくる風は心地よかった。

かなたに見える小高い丘は道灌山《どうかんやま》だ。その手前にある新堀村に入り、太助は藁《わら》葺《ぶ》きの百姓家に向かった。

柴垣《しばがき》に囲まれた庭に入り、裏手の離れに向かう。

濡縁に女が出てきて、こっちを見ていた。

「『野田屋』の内儀さんです」

太助が教えた。

剣一郎が近づいて行くと、内儀のおすみは濡縁に腰を下ろして迎えた。

「青柳さま。はじめまして」

おすみは挨拶をした。

「押しかけてすまぬ。少し、ききたいことがあるのだ」

「はい。どうぞ、お上がりください」

「いや、長くはかからぬ。ここで」

「ここはじきに日が当たります。どうぞ、こちらに」

「なら、遠慮なく」

剣一郎は腰から刀を抜いて濡縁に上がった。太助も続く。

部屋の中で、おすみと向かい合った。鬢《びん》に白いものが目立ち、着るものにも頓《とん》着《ちゃく》していないようだった。昔は、髪もきれいに整えていただろうに、今の境遇が想像された。

「田原町からすぐにここに来たのか」

「はい。女中が実家の離れが空《あ》いているからと誘ってくれたのです」

「ここではなにを？」

「近くの家で花の栽培をしているので、それを手伝っています」

「息子の浅吉とはいっしょに暮らしていなかったのか」

「はい」

「浅吉は今どこに？」

「深川にいるようなことを言ってました」

おすみは厳しい顔で答えてから、

「浅吉が何かしたのでしょうか」

と、不安そうにきいた。

「いや、そうではない。ただ、参考のためにききたいだけだ」

「そうですか」

「深川でなにを？」

剣一郎はさらにきいた。

おすみは言い淀《よど》んだ。

「たぶん……」

「まさか、博徒《ばくと》のところに？」

おすみははっとしたようになったが、すぐ吐息《といき》を漏《も》らした。

「父親が博打で命まで落としたというのに、浅吉まで博打に関わっているなんて」

おすみはやりきれないように言う。

「浅吉はたまにはここに来るのか」

「年に一度ぐらい、顔を出します」

「今年は？」

「二か月ぐらい前にやって来ました」

「必ず『野田屋』を再興させると言って、浅吉は田原町から去って行ったと聞いたが、今の浅吉にはそのような熱い思いはないのか」

「最初はそのつもりだったのでしょうが、だんだん無理なことだとわかってきて、いつの間にか諦《あきら》めてしまったんでしょう」

匙《さじ》を投げるように、おすみは言う。

「諦めるのは早すぎる」

剣一郎は目の前に浅吉がいたら説教したいところだった。

「浅吉は田原町の『大島屋』の娘お染と仲がよかったと聞いたが、どうなのだ？」

「はい。確かに、お染ちゃんとは仲がよかったようです」

「今はどうだ？」

「今、ですか」

おすみは首を横に振り、

「今は関わりありませんよ。会っても、浅吉のような男をお染ちゃんが相手にするはずありませんせん」

「そう思うか」

「はい。浅吉だってばかじゃありませんから、『大島屋』のお嬢さんをいくら好いたところで無駄だとわかりますよ」

「どうしてだ?」

「『大島屋』の旦那は、それなりにふさわしい商家にしか嫁《とつ》がせないお考えでした。自分の娘を商売の道具としか見ていないようなひとでしたから」

「うむ」

確かにその通りだと剣一郎は思いながら、

「お染が『川田屋』に嫁ぐことになっていたのは知っていたか」

「いえ。そうだったのですか」

おすみが呟くように言う。

おすみは『川田屋』での騒ぎも知らないのだろう。あえて話すことはないと、
剣一郎は声を呑《の》んだ。

「そなたは、浅吉に『野田屋』の再興を託したいのであろう」

「ええ。でも、もう諦めました。あの子は父親の血を引いているんですよ。あの子もいずれ博打で身を滅ぼすに決まっています」

おすみは手厳しく言う。

「浅吉に会うことがあったら、わしからも強く言ってみよう」

「青柳さまが？」

おすみは目を見開き、

「青柳さまが意見なさってくれたら、あの子の胸に響くかもしれません。どうぞ、お願いいたします」

おすみは深々と頭を下げた。

「よし」

剣一郎は請《う》け合ってから、

「ともかく、深川を探してみよう。浅吉の風貌《ふうぼう》を教えてもらいたい」

と、きいた。

「はい。背は高くもなく、低くもなく、面長《おもなが》で、眉《まゆ》が濃いのが特徴です。それから、福耳で」

「わかった。邪魔をした」

剣一郎は立ち上がった。

おすみに見送られて離れから去りながら、剣一郎は胸が痛んだ。

浅吉はおさんを殺しているかもしれないのだ。おすみが嘆《なげ》き悲しむことになるかもしれない。

「深川で浅吉を探してみます」

太助が先回りして言った。

「博徒の手下になっているならすぐ見つけ出せる」

剣一郎が答えたとき、突然雷鳴《らいめい》が聞こえた。俄《にわ》かに空が曇った。風が急に冷たくなった。向こう側には青空が広がっている。

「降《ふ》るぞ」

剣一郎は足を急がせた。高台に天王寺《てんのうじ》が見える。その手前の低地を急いでいると、また雷鳴が聞こえ、急に大粒の雨が落ちてきた。

「あの樹の下に」

剣一郎と太助は松の樹の下に駆け込んだ。激しい雨だ。葉の間から雨粒が落ちてくる。

「いっときの辛抱《しんぼう》だ」

剣一郎は彼方《かなた》の青空を見て言う。

「でも、ここでは濡れてしまいますね」

「上がれば、すぐに乾く」

「でも」

太助は辺《あた》りを見回して、

「あそこに家が」

と、指さした。

剣一郎は目をやる。庵《いおり》のような小さな家があった。

「あの軒下《のきした》を借りましょう」

「そうだな。では、駆けるか」

「はい」

「行くぞ」

剣一郎と太助は豪雨の中を走った。

軒下に入り雨天を見上げていると、ふいに戸が開いた。

「どうぞ、中に」

比丘尼頭巾《びくにずきん》を被った尼僧《にそう》が声をかけてきた。両手を胸の前で合わせ軽く頭を下げた。

すらりとした体つきで、唇に薄く紅をさし、色白の上品な顔だちだ。やさしい目をしている。目尻の小皺《こじわ》から四十半《なか》ばぐらいかと思えた。

「遠慮はいりません」

尼僧はもう一度言い、体をずらして入口を空けた。

「お言葉に甘えよう」

剣一郎は太助を促《うなが》し、土間に入った。

微《かす》かに甘い香りが漂《ただよ》っている。香《こう》を炷《た》いているのだ。

庭に面した部屋に案内された。部屋は質素《しっそ》で、手入れが行き届いているのがわかる。

婆さんが茶を運んできた。

「かたじけない」

剣一郎は礼を言う。太助も軽く頭を下げる。

尼僧は庭に目をやり、

「じきに止《や》みましょう」

と、言った。

「失礼だが、ここは？」

「私の住まいです。いちおう仏門に入りましたが、ここは寺ではありません」

「いつからここに？」

「十年ほど前からです」

「ひとりでか」

「手伝いのお婆さんと下男との三人暮らしです。でも、この辺りにはひとり暮らしの女子《おなご》も多く、ときたまやって来ます」

「囲われ者か」

根岸の里には商家の寮や妾宅《しょうたく》も多い。

「はい」

「なるほど、相談に乗ってやるわけだな」

「みなさん、いろいろ悩みを抱えていらっしゃいます」

「そなたは、そういった者たちの心のよりどころなのかもしれぬな」

剣一郎は頷《うなず》いてから、

「小止みになってきたな」

と、庭に目をやって言う。

「おかげで助かった」

「いえ」

「しかし、見知らぬ男を家に上げるのは不用心ではないのか」

「青柳さまとお見受けいたしましたので」

「どうしてわしのことを?」

「行商人もやって来ますので、市井《しせい》の噂《うわさ》はここにも届きます」

それにしても、かなりの洞察力の持ち主のような気がした。

「では、花嫁が消えたという噂を知っているか」

「はい。鬼に喰われたという話ですね」

尼僧は笑った。

「信じないか」

「はい」

「では、そなたなら、花嫁が消えたわけをどう考える?」

剣一郎は思い切ってきいた。

「何らかの事情で花嫁は祝言から逃げたかったのでございましょう。花嫁が自ら消えたのに違いありませぬ」

「うむ。わしもそう思う。しかし、部屋には出入り口はひとつしかなかった」

剣一郎は部屋の様子を話した。

尼僧は熱心に聞いていた。

「花嫁に付き添っていた女中もつるんでいたことは間違いないが、どうやってその部屋から消えたのか。天井裏、床下にひとが通った形跡はなかった」

剣一郎は自分でも不思議だった。はじめて会った尼僧に相談をしているのだ。この尼僧の世俗《せぞく》を離れた雰囲気がそうさせたのか。

「それならば、廊下の出入口から出たのでございましょうね」

尼僧は事も無げに言う。

「しかし、廊下には他にふたり控えていた」

「でも、他に出入口がなければ、そこから出たと考えるのが自然ではありませんか。問題はどうやって控えていた者に気づかれず出て行けたのか」

尼僧は小首を傾げ、

「でも、いくつか気になることがございますね」

と、顔を向けた。

「気になること？」

「はい。まず、花嫁衣装が脱ぎ捨てられていたこと。もちろん、あのような重いものを着ては逃げられません。ですが、普通の格好になれば、混乱のどさくさに紛《まぎ》れて気づかれませんね」

「………………」

「それから行灯《あんどん》の明かりが消えて、部屋の中が真っ暗だったことです。この闇《やみ》の中で、何か細工をしようと思えば出来るのではないでしょうか」

「なるほど、闇か」

剣一郎は唸《うな》った。

「鬼に喰われたなどとは、真相を隠したい側の者が言いふらすのでございましょう。鬼の仕業だと騒ぐ者も一役買っているかもしれませせぬ」

「確かに」

「申し訳ございません。勝手なことを申し上げて」

「いや、いちいちもっとな推察。とても参考になった。礼を申す」

「とんでもありません。何も知らない身で出すぎた真似《まね》をして、お恥ずかしい限りです」

尼僧は俯《うつむ》いた。

「いや。さっきの雨に感謝しなければならない。そなたとの出会いはとても得難《えがた》いものだった」

「もったいのうございます」

もう庭には陽光が射し込み、朝顔を照らしていた。

尼僧に見送られて外に出た。庭に下男らしい年寄りの姿があった。

音無川沿いを歩きながら、

「あの尼僧の言葉に目が覚める思いがした。あのような者がいるとは、ひとの世は奥深いものだ」

と、剣一郎は感心し続けた。

「あの尼僧のおかげで一歩進めたような気がする」

「青柳さまがこんなに興奮するなんてはじめてみました」

太助が不思議がった。

「いちいちもっともなことをさらっと言っていた。鬼の仕業だと騒ぐ者も一役買っているかもしれないというのは鋭《するど》い指摘だ。一番騒いでいたのは『文古堂』の文兵衛だろう。あの男を調べてみる必要がある」

剣一郎は自分に言い聞かせた。

「これで浅吉が見つかれば、一気に解決に向かうかもしれぬ」

「あっしはこれから深川に行ってみます」

「深川の裏の者たちを取り仕切っている鎌次郎《かまじろう》という男がいる。この男に会い、博徒の親分を紹介してもらえ。わしの名を出せば、悪いようにしないはずだ」

「わかりました」

太助は張り切っていた。

陽射しは強いが、さっきの雨で清々《すがすが》しい陽気となり、道行くひとの動きも軽く感じられた。

三

筋違御門を抜けてから柳原通りに入り、途中で深川に向かう太助と別れ、剣一郎は大伝馬町の『川田屋』にやって来た。

店の前に駕籠《かご》が止まっていた。剣一郎が近づくと、主人の角右衛門が店から出てくるところだった。

「青柳さま」

角右衛門が気づいて会釈をした。

「出かけるところか」

「はい、何か」

「『文古堂』の文兵衛のことを聞きたい。『風雅の宴』の主宰《しゆさい》をしているのであったな」

「はい」

「近頃『文古堂』から『鬼一口』の画を買い求めたということであったが、いつ買い求めたのだ?」

「ひと月ほど前です」

「魔除《まよ》けということだったが、災厄《さいやく》が起こってしまった」

「思いもよりませんでした」

「文兵衛に文句を言ったのか」

「いえ」

「なぜだ、呪《のろ》いの画を誤って魔除けとして売ったのではないか」

「文兵衛さんも悪気があったわけではないので」

「ずいぶん寛容《かんよう》だな」

「そういうわけでは……」

「で、あの掛け軸はお焚《た》き上げしたのだな」

「はい。本郷の真行寺さんで行なわせていただきました」

「しかし、お焚き上げをしたあとも花嫁は見つからぬ」

「はい、残念ながら」

「旦那さま、そろそろ」

番頭が声をかけた。

「すみません。もう行きませぬと」

そう言い、角右衛門は剣一郎の前を離れ、駕籠に乗り込んだ。

駕籠が出立してから、剣一郎は須田町に向かった。


『文古堂』の店先に立つと、店番をしている番頭があわてて立ち上がり、旦那ですねと先にきいて、そのまま奥に引っ込んだ。

すぐに文兵衛が出てきた。

「少々時間をもらえぬか」

「どうぞ」

　剣一郎は刀を外し、店のすぐ脇にある小部屋に行った。

　差し向かいになってから、

「もう一度、聞かせてもらいたい」

　と、剣一郎は切り出す。

「なんなりと」

　文兵衛は余裕を見せた。

「『川田屋』の角右衛門に例の掛け軸を十両で売ったということだが、あとで魔除けではないと伝えたそうだな」

「はい。あのような騒ぎが起こりましたし」

「あの掛け軸のせいかもしれないと思ったのだな」

「掛け軸のせいかはともかく、縁起《えんぎ》が悪いと思いましたので」

「しかし、そなたはすぐに掛け軸のせいにしていたのではないか」

　剣一郎はすかさずきく。

「ええ、掛け軸に不審を持ったのです。それでいろいろ調べた末に呪いの画かもしれないと気づきまして」

「では、十両は返したのか」

「いえ。角右衛門さんはそんなことにこだわりませんでしたから」

「あの掛け軸を鬼門の方角に置くといいと言ったのは、京の骨董屋だということだったな」

「はい」

「つまり、京の骨董屋に騙《だま》されたということか」

「そういうことになりましょうか」

文兵衛は顔をしかめた。

「京の骨董屋に知らせたのか」

「いえ。手に入れてから三年になりますから」

「あの掛け軸を『川田屋』に売ったのはひと月ほど前ときいた」

「はい。さようで」

「すでに結納を済ませ、祝言の日取りも決まっていた。そんなときに、なぜ、あのような掛け軸を売ろうとしたのだ？」

「魔除けだと思っていましたので」

「魔除けならもっと以前に売ってもよかったのではないか。三年間も売れずにいたものを、なぜこの時期に売ったのだ？」

「たまたま、そういう話になった次第で」

文兵衛は目を伏せた。

「祝言が近づいたが、何か魔除けを必要とする不安ごとでもあったということか」

「とんでもない。そんなことはありません」

文兵衛は否定する。

「もし、そなたがあの掛け軸を『川田屋』に売っていなかったら、花嫁はどうなったと思うか」

「…………」

「あの掛け軸のあるなしに拘《かかわ》らず、花嫁は消えただろう。だが、このような奇怪な話にはならなかったのではないか」

「それは……」

文兵衛は口を喘《あえ》がせた。

「ところで、そなたは『大島屋』の主人とも懇意《こんい》にしているのだな」

剣一郎は問いを変えた。

「はい。光太郎さんも『風雅の宴』の仲間ですから」

文兵衛は目を向けて答える。

「お染とは会ったことはあるのか」

「いえ、お会いしたことはありません」

剣一郎は少し間を置いてから、

「廻髪結いのおさんを知っているか」

「……いえ、知りません」

返事まで少し間があった。

「ほんとうに知らないのか。廻髪結いとは隠れ蓑《みの》で、実際は春をひさいでいたらしい」

「そのような方は知りません」

文兵衛は強い口調《くちょう》になった。

「では、そのおさんが殺されたことも知らないのだな」

「殺された？　いえ、知りません」

「そうか。では、浅吉という男を知らないか」

「浅吉ですか。そのような知り合いはおりません」

文兵衛は首を横に振った。

「青柳さま」

文兵衛は厳しい顔つきで、

「何のお調べでございますか。花嫁が消えたことに私が関わっているとでも？」

と、むきになってきいた。

「そなたにだけきいているのではない、あの場にいた者にきいている。それとも、そなたは何かきかれてはまずいことでもあるのか」

「そんなもの、ありません」

文兵衛はあわてて言う。

「その後、『川田屋』の角右衛門や『大島屋』の光太郎に会ったか」

剣一郎は文兵衛の顔を見つめながらきいた。

「会いました」

「様子はどうだ？」

「花嫁がいなくなった『川田屋』はいい面《つら》の皮ですよ。『大島屋』の光太郎さんだって、自分の娘がどこかに行ってしまい、生死もわからないのですからね。毎日、泣いて暮らしていますよ」

「お染からは何の連絡もないのか」

「連絡なんてあろうはずありません。消えてしまったのですから」

文兵衛は口元を歪めた。

「ところで、そなた、妻女は？」

「五年前にあの世に旅立ちました」

「病気だったのか」

「長い間、床に臥《ふ》せっていたんです。うちの奴が死んでから、『風雅の宴』をはじめました。寂しさと悲しみを紛らわすためだったのですが、だんだんひとが増えてきました」

「子どもは？」

「出来ませんでした」

「すると、この家には？」

「夜は私だけです。奉公人は通いですから」

「それは寂しいな」

「馴《な》れました」

文兵衛は苦笑した。

どこぞの女を連れ込んでも誰にも遠慮はいらないのだ。廻髪結いのおさんもここにたびたびやって来ていたのではないか。

おさんを殺したのは浅吉かもしれないが、浅吉とおさんを結びつけたのは文兵衛ではないか。しかし、証はなく、深く突っ込めなかった。

「邪魔をした」

「お役に立てませんで」

文兵衛はほっとしたような顔をした。

『文古堂』を出てから、剣一郎は奉行所に戻った。

宇野清左衛門に呼ばれ、年番方《ねんばんかた》の部屋に行った。

文机《ふづくえ》に向かっていた清左衛門は書類を閉じ、

「長谷川《はせがわ》どのがお呼びなのだ」

と言って、立ち上がった。

長谷川四郎兵衛《しろべえ》はお奉行の股肱《ここう》の家来で、お奉行就任と同時に内与力《うちよりき》として奉行所に乗り込んできた。

お奉行の懐 刀《ふところがたな》であり、お奉行の代弁者でもある。

清左衛門と共に内与力の用部屋の隣にある部屋に赴《おもむ》いた。

「『川田屋』の件で難癖《なんくせ》をつけるつもりに違いない」

清左衛門が小声で囁《ささや》いた。

ようやく、長谷川四郎兵衛がやって来た。不機嫌そうな顔つきだ。

腰を下ろすなり、いきなり四郎兵衛は口を開いた。

「あちこちで、鬼から身を守るためという怪しげな護符を売りつける修験者《しゅげんじゃ》が出没しているようだ。それだけではない、娘が誘拐されそうになったという事例が二件報告された。かどわかしても鬼の仕業に出来ると考える愚《おろ》か者がいるのだ」

四郎兵衛は軽蔑《けいべつ》するように吐き捨ててから、

「町廻りの者には注意をするように伝えたが、やはり、『川田屋』の一件を解決させないことにはどうにもならぬ」

「申し訳ありません」

剣一郎はなかなか捗《はかど》らない探索を詫《わ》びた。

「青柳どの。詫びて済むことではない。早く解決せぬと、さらにとんでもない事件に発展しかねない」

「長谷川どの。まるで、青柳どのの責任のような言い条《じょう》、この件はなにも青柳どのが」

「宇野どの」

四郎兵衛は口元をひんまげ、

「経緯はどうであろうと、この件は青柳どのが受け持っているときいた。それなりに、責任はあろう。それでも責任はないというなら、私の手に余るから代えてもらいたいと泣きごとを言うべきだ。ずるずるとこのまま行くのは最悪だ」

「長谷川どの。それはあまりな言いぐさではないか」

清左衛門が言い返す。

「宇野さま」

剣一郎は清左衛門を制し、

「長谷川さまの仰ること、ごもっともでございます。必ず近いうちに真相を明らかにいたします」

と、四郎兵衛に向かって言った。

「よし、五日だ。五日以内に真相を明らかにせよ。さもなければ、青柳どのが白旗を掲《かか》げたとし、他の者に任せようぞ。よいか」

「あと五日でとは無茶でござる」

清左衛門が憤然《ふんぜん》と言う。

「宇野さま。かまいません、あと五日で」

剣一郎はきっぱりと言った。

「その言葉、忘れなさるな」

四郎兵衛は口元を歪めて言い、立ち上がった。

部屋を出て行く四郎兵衛の背中を見つめ、

「相変わらずの御仁《ごじん》だ」

と、清左衛門はため息を漏らした。

「長谷川さまに言われるまでもなく、早く真相を摑《つか》まなければなりません。必ず五日以内にやってみます」

「青柳どのにばかり、いつも厳しい役目を押しつけ、申し訳ない」

「いいえ。誰かがやらねばならぬことですから」

「うむ。困ったことに、青柳どのを頼るしかないのだ」

そう言いながら、清左衛門は立ち上がった。

年番方の部屋に戻ると、作田新兵衛が待っていた。

「新兵衛、待っていたのか。隣へ」

年番方与力部屋の隣の部屋に行った。

剣一郎と清左衛門は新兵衛と向かい合った。

「馬喰町《ばくろちょう》の木賃宿に泊まっていた旅芸人の座頭が太田菊次郎一座のことを知っていました。当時、一座の中で一番若かった十九歳の男は勘太郎《かんたろう》という名ですが、十年前に菊次郎が亡くなったときには勘太郎は一座にいなかったそうです」

「いなかった？」

「だいぶ前に一座を辞めたようです。堅気《かたぎ》の商売に移ったのではないかと、その座頭は言っていました」

「そうか」

剣一郎はすぐ思いついて、

「また、草加まで行ってくれぬか」

と、口にする。

「例の豪農を訪ね、太田菊次郎一座を毎年招いていたかどうか調べてもらいたい。そうだとすると、勘太郎のことも何か知っているかもしれない」

「わかりました」

「勘太郎から何か手掛かりが得られるのか」

清左衛門に問われ、

「胡蝶について確かめたいことがあるのです」

剣一郎は答えたが、何を確かめたいのかについては口にしなかった。


翌日の朝、剣一郎の屋敷に太助がやって来た。

髪結いが引き上げたあと、剣一郎は濡縁に出た。

「何かわかったか?」

庭先に立った太助にきいた。

「へえ、浅吉が子分になっていた博徒の親分がわかりました。雷《かみなり》の伝六《でんろく》という親分でした。それで、伝六の常盤《ときわ》町《ちょう》の家に行ってみたんですが、俺たちも浅吉を探していると言うんです。浅吉は姿をくらましたようです」

「姿をくらました?」

剣一郎は思わず問い返した。

「ええ、半月ほど前にどこかに行ってしまったと」

「どこに行ったかわからないのか」

「そのようです」

やはり、浅吉はお染といっしょなのだろうか。

「なぜ、姿を消したか、子分たちは何か言っていたか」

「いえ。言葉を濁していました。俺に隠し立てするとあとで青柳さまが調べにくると脅《おど》したのですが、やっぱりはっきりしません」

「よし。これから行ってみよう」

「へい」

剣一郎は外出の支度《したく》をし、編笠《あみがさ》を被って屋敷を出た。

半刻（一時間）後、常盤町のいかがわしい店が並んでいる中程に、間口の広い雷の伝六の家があった。

剣一郎は笠をとって土間に入る。板敷きの間に数人の若い連中がたむろしていた。

「あっ」

ひとりが気づいて声を上げた。

「これは青柳さま」

兄貴分らしい鋭い目つきの男が上がり框《がまち》まで出てきた。

「昨日はどうも」

太助が兄貴分に言う。

「ああ」

兄貴分は顔をしかめた。

「浅吉はどうした？」

剣一郎はきいた。

「ですから、ここにはいないんで。出て行っちまったんですよ」

兄貴分は吐き捨てるように言う。

「なぜ、出て行ったんだ？」

「さあ」

「わからないのか」

「へえ」

「わけもないのに出て行ったというのか」

「さいです」

「そんなわけあるまい。そなたたちが浅吉に何かしたか、あるいは他のことで何か堪《た》えられないことでもあって、逃げだしたのだろう。これは徹底的に調べなければならぬな」

「とんでもない。あっしらはそんなことしてはいませんぜ」

「……待てよ。浅吉がいなくなったというのはほんとうか。まさか、浅吉を殺して死体をどこかに隠しているのではあるまいな」

剣一郎はわざとそういう言い方をした。

「冗談じゃありません。そんなことしちゃいませんよ」

「なら、わしが納得するような説明をするのだ。隠したり、嘘《うそ》をついていたりすればためにならぬ」

「………」

「どうした？」

「親分を呼んできます」

「早くするのだ」

兄貴分は急いで奥に向かった。

いかつい顔の大柄な男が出てきた。

「これは青柳さまで、伝六でございます」

伝六は挨拶をした。

「浅吉を探している。大事な用件だ。ところが、どうも子分たちは何か隠しているようで要領《ようりよう》を得ぬ。もしや、浅吉を殺して死体をこの家のどこかに隠しているのではないかという疑いが生じた。そうならば、家捜しをせねばならぬ」

「青柳さま。そんなことがあるはずありません。それでも家捜しをするというならどうぞなさってください」

伝六は自信に満ちた様子で言う。

「では、そうさせてもらおう」

「青柳さま。もし、浅吉の死体が出てこなかったらいかがなさいますか」

伝六は不敵《ふてき》に笑った。

「浅吉が見つからずとも、他の博打か高利貸しの証文などがあるのではないか。そういったものが見つかれば、そなたは小伝馬町《こでんまちよう》の牢送りだ」

「そんな無体《むたい》な」

伝六は叫んだ。

「伝六。おかみを甘く見るな。御法度《ごはつと》の賭博《とばく》を見逃しているのは、奉行所はいつでも賭場に踏み込むことが出来るということだ」

「………」

伝六は黙っている。

剣一郎は気づかれぬようにため息をついた。伝六たちがこのように強く出ているのは……。

「そうか。そなたは同心に付け届けをしているのだな。どうなんだ」

「それは……」

「そなたたちは運がなかったのだ。浅吉のことがなければ、わしはここに来ることはなかった。もし、同心と博徒の癒着《ゆちゃく》があれば、両者を裁かねばならぬ」

本所・深川を受け持っているのは貝塚伊平《かいづかいへい》という三十半ばの同心だった。

「青柳さま」

伝六があわてて言う。

「浅吉は必ずこっちで見つけ、お知らせいたします。どうか、それでご容赦《ようしゃ》を」

「当てがあるのか」

「ええ、まあ」

伝六は言葉を濁す。

「どこだ?」

「へえ」

伝六は俯いた。

「もうちょっと調べてからお知らせいたします。一日お待ちください。明日にははっきりさせますので」

腹に一物ありそうだ、と剣一郎は疑った。

「よし、いいだろう。では、明日また来よう」

「へい」

伝六は頭を下げたが、一瞬口元が歪んだのを見逃さなかった。

剣一郎と太助は外に出た。

「太助。伝六の態度が怪しい。浅吉の居場所を知っているのかもしれぬ。子分たちの動きを見張るのだ」

剣一郎は辺りを見回した。少し先に、荒物屋がある。

「太助。あの荒物屋の二階の部屋を借りられるか頼んできてくれ」

「へい。畏《かしこ》まりました」

太助が荒物屋に走って行った。

ほどなく戻ってきて、

「大丈夫だそうです」

と、告《つ》げた。

四

通りに面した荒物屋の二階の小部屋からは、伝六の家の戸口がよく見える。

「伝六の賭場はどこだ？」

剣一郎は荒物屋の亭主にきいた。色の浅黒い四十過ぎの男だ。

「近くの旗本《はたもと》屋敷の中間《ちゅうげん》部屋を借りているようです」

「浅吉という二十二、三の男を知らないか」

「へえ、知っています。ときたま、うちにも買い物の使いで来ますから。でも、ここ半月ほど見かけません」

亭主が首を傾げた。

「何があったか知らないか」

「さあ、なんだかいなくなる前から憂鬱《ゆううつ》そうな様子でした。あそこの手下にしてはまっとうそうな男でしたが」

「伝六は金貸しもしているようだな」

「ええ、博打で負けた者に金を貸して借金づけにしているようです。伝六って親分はかなりあくどいという評判ですからね。浅吉もそんな親分に愛想《あいそ》を尽かして逃げだしたのかもしれませんね」

亭主は表情を曇らせた。

「では、どうぞ。ご自由にお使いください」

そう言い、亭主は部屋を下がった。

「やはり、お染の間夫は浅吉なんでしょうか」

「いなくなった時期からすると、そう考えられるが……」

花嫁が消えた件はお染と間夫が仕組んだことだと推察でき、手を貸したのが『文古堂』の文兵衛と廻髪結いのおさんというのが剣一郎の見方だった。

文兵衛とおさんを仲間に引き入れたのがお染とは考えにくい。お染の間夫が浅吉だとすると、浅吉がふたりを誘ったということになる。

その接点はどこか。文兵衛が伝六の賭場の客だったとすれば、ふたりが結びつくことは考えられる。

「青柳さま。浪人がふたり、伝六の家に入って行きました」

障子の隙間から外を眺めていた太助が言った。

剣一郎も覗いた。すると、兄貴分の男とふたりの浪人が出てきた。

「太助、尾《つ》けるのだ」

「へい」

太助はすぐ部屋を飛び出した。

剣一郎もあとに続いた。

兄貴分の男と浪人は二《に》ノ橋《はし》を渡って竪川《たてかわ》を越え、そのまままっすぐ御竹蔵《おたけぐら》のほうに向かった。

それから四半刻（三十分）後、三人は横川《よこかわ》にかかる業平橋《なりひらばし》を渡り、やがて押上《おしあげ》村に差しかかった。

さらにそこを突っ切り、三人は亀戸《かめいど》村から小村井《こむらい》村までやって来た。少し行けば吾妻大権現《あずまだいごんげん》の杜《もり》がそびえている。

昼でも鬱蒼《うっそう》とした木立《こだち》の中に、三人は入って行った。剣一郎と太助はあとに続く。そこを抜けると、ぽつんと百姓家が現われた。

三人はその裏にまわった。小屋がある。兄貴分の男が小屋の中を窺《うかが》い、そして戻ってきて浪人に耳打ちした。

それから、兄貴分の男は来た道を急ぎ足で戻った。

浪人はゆっくり小屋に向かう。剣一郎は横手から近づく。

ひとりが戸に手をかけた。

「浅吉」

戸を開けて、浪人が怒鳴《どな》る。返事がない。ふたりは中に踏み込んだ。女の悲鳴が上がった。

剣一郎は小屋に駆け込んだ。

「待て」

刀を振りかざしていた浪人に声をかける。

「雷の伝六から頼まれたのか」

ふたりの浪人は剣一郎に向かってきた。

剣一郎は外に出る。ふたりも抜き身を提《さ》げて出てきた。

「邪魔だてするな」

ひとりの大柄な浪人がいきなり斬《き》りかかってきた。剣一郎は身を翻《ひるがえ》し、

「浅吉を斬るように頼まれたのだな」

と、もう一度きく。

もうひとりの細身の浪人が裂帛《れっぱく》の気合で上段から斬りつける。剣一郎は抜刀して、眼前に迫る剣を弾《はじ》いた。

剣一郎は正眼《せいがん》に構えた。ふたりも剣を構えたが、大柄な浪人があっと叫んだ。

「青痣与力」

「なに」

細身の浪人が目を剝《む》いた。

ふたりは顔を見合わせるやいなや、いきなり踵《きびす》を返して逃げだした。

剣一郎はすぐ小屋に入った。
二十二、三歳の瘦せぎすの男が十七、八の娘を背後にかばうようにして身構えた。
「南町与力の青柳剣一郎である。浅吉か」

剣一郎は声をかける。

「はい」

浅吉は答えた。

「その女子は？」

「お光《みつ》ちゃんです」

「お光？」

聞き違えたかと思い、

「お染ではないのか」

と、剣一郎は確かめた。

「お染ちゃんじゃありません」

「なんと」

剣一郎は唖然《あぜん》とした。

「なぜ、ここに逃げてきたのだ?」

「お光ちゃんが岡場所に売られてしまうので……」

「なぜだ?」

お光が前に出てきて、

「私のおとっつあんが賭場で借金をしたんです。その借金を返せないので私が身を売って返すことに」

「岡場所に売られるところだったのを、そなたが助けたのか」

「はい。あっしと同じような境遇のお光ちゃんを放っておけずに」

「そなたの父親も博打で店をとられたのだったな」

「はい。おかげであっしもおっかさんとはばらばらに。でも、お光ちゃんの父親はいかさまにひっかかったんです」

「父親はどうした？」

「……………」

お光は俯いた。

「どうした？」

「死にました」

「死んだ？」

「竪川に浮かんで……」

お光が嗚咽《おえつ》を漏らした。

「あいつらが殺したんです。いかさまだと騒がれないように口を封じたんです。博打で負けて身を投げたという伝六親分の言い分を、同心は素直に信じてしまいました」

「なるほど、そなたの口を封じるためにさっきの浪人を雇ったのか」

やはり、定町廻り同心は伝六に金で手なずけられているのだ。

「浅吉。そのことを奉行所で正直に言うのだ」

「はい」

「そなたたちは今後、どうするつもりだったのだ？」

「わかりません」

浅吉は首を横に振った。

「ただ、このままじゃいけないと思い、夢中でお光ちゃんを連れて逃げてきたのです」

「ここは?」

「私の死んだおっかさんの実家です。駆け落ちしてきたと言ってしばらく匿《かくま》ってもらうことにしたのです」

「あいわかった。伝六のほうは任せろ。あとは心配するな」

剣一郎は勇気づけるように言い、

「浅吉」

と、口調を改《あらた》めた。

「はい」

「そなたは、田原町を出るとき、きっと『野田屋』を再興すると言っていたそうではないか」

「はい」

浅吉は俯いた。

「そのつもりでした。でも、世間はそんな甘い物ではありませんでした。日傭取《ひようと》りや棒手振りなどをやっても手に入る銭はほんの僅《わず》か。心が折れて、気がついたら賭場に足を踏み入れ、いつしか悪党の子分なんかに……」

「もう一度、初心に返り、『野田屋』の再興を目指す気は起きないか」

「はい。今度のことで、目が覚めました。まっとうな生き方をしなければ、どんどん自分が落ちて行くと」

「それにはお光の力も必要だ。違うか」

「はい」

浅吉は大きく言い、お光を見つめた。お光も泣き笑いの顔で頷いた。

ふたりを見て安堵《あんど》した一方、剣一郎は落胆を覚えた。

これで、お染の件の真相から一気に遠ざかってしまったようだ。

「青柳さま」

浅吉が口を開いた。

「さっき、お光ちゃんのことをお染ではないのかと仰ってましたが、お染さんというのは、もしかして『大島屋』の？」

「そうだ」

「お染さんがどうかしたのですか」

「そうか。知らないのか」

「なにがあったのですか？」

浅吉は不安そうな顔をした。

「今月の六日、大伝馬町の『川田屋』で祝言があった。そこで、花嫁のお染が消えたのだ。それきり、お染の行方はわからぬ」

「そのようなことが……」

浅吉は口をあんぐりと開けた。

「お染には他に好きな男がいたようだ。だが、店の都合で嫁がねばならぬことに反発を覚え、常《つね》ならぬ手段に訴えたのだろう」

「その男、あっしは見ているかもしれません。たぶん、あっしがすれ違ったのがお染さんのいいひとだったのか」

浅吉が思い出すように言った。

「そなたはお染とその男に会ったのか」

剣一郎は思わず浅吉の顔を見つめた。

「いいえ、見かけただけです。親父の祥月命日の四月に、こっそり今戸の天慶寺に行きました。十三回忌の法要にも行けなかったので」

浅吉はしんみり言ってから、

「墓参りの帰り、待乳山聖天に寄ったんです。そしたら、お染さんが境内にいました。人待ち顔だったので、気づかれないように境内を出ました。すると、急ぎ足でやって来る二十二、三歳の男のひととすれ違いました。そのとき、お染さんの待ち合わせの相手だろうと思いました」

「どんな感じの男だ？」

「色白で、鼻筋が通っていました。職人ふうでした」

「職人か。たとえば、大工か。庭師か」

剣一郎は『大島屋』に出入りの職人を頭に浮かべた。

「いえ、そんな感じではなかったです。色白でしたから屋内で仕事をしているんだと思います」

思い浮かべたのは錺《かざり》職人だった。大店の娘と縁がありそうなのは簪《かんざし》などに細工をする錺職人がふさわしい。

このことはあとで調べることにして、今は目の前のふたりだ。

「浅吉。母親が新堀村にいるな」

「はい」

「しばらく、ふたりでそこに身を寄せるのだ。お光」

「はい」

お光は顔を向けた。

「伝六の件が片づいたら、長屋に帰ってもいい。父親の供養《くよう》もしてやることだ。今後のことはふたりで考えるがいい」

「はい」

お光は頷いた。

「太助、ふたりを新堀村まで送ってやれ、今からなら暗くなる前までに着ける」

「わかりました」

浅吉とお光に付き添う太助が出発してから、剣一郎は深川常盤町の伝六のところに向かった。

五

剣一郎は伝六の家の土間に入った。そこに定町廻り同心の貝塚伊平がいた。伝六と何か相談していたようだ。

「青柳さま」

貝塚伊平がうろたえたように言う。

「伊平、なぜここに？」

「たまたま……」

「伝六に呼ばれたのではないのか」

伝六は厳しい顔をしていた。

「いえ。たまたま通りかかりましたので」

「いずれにしろ、ちょうどよかった。そなたにも聞いてもらおう」

そう言い、剣一郎は伝六に顔を向け、

「浪人を使って浅吉を殺そうとしたな」

と、切り出す。

「なにを仰いますか。何のことかわかりません」

「最前、その男が、浪人ふたりを小村井村の浅吉とお光の隠れ家まで案内した」

剣一郎は兄貴分の男に顔を向けた。

「あっしはそんなことはしちゃいませんぜ」

男は口元を歪めた。

「わしがあとを尾けていたのに気づかなかったろう」

「…………」

「伝六」

剣一郎は伝六を鋭く睨み、

「そなたはいかさまでお光の父親を借金づけにし、お光を岡場所に売ろうとした。それを浅吉が助け、お光を連れて逃げた。手下に行方を探させ、お光の母親の実家が小村井村にあることを知って、とうとうふたりを見つけた。浅吉の始末を浪人に頼んだのは、自分たちに疑いが及ばぬようにするためか。いや、それだけではない」

伝六はぎょっとしたように体を少しのけ反《ぞ》らせた。

「お光の父親を水死に見せ掛けて殺した。どうだ、伝六」

「ご冗談を」

伝六は顔を強張《こわば》らせた。

「青柳さま。信じてくださいな。あっしらはそんなことやっていません。そのことは、貝塚の旦那がよく知っています」

傍《かたわ》らで、貝塚伊平が苦虫を嚙みつぶしたような顔で突っ立っている。

「伊平。そうなのか」

「まあ」

伊平は曖昧《あいまい》に答える。

「伝六。では、きくが、お光を岡場所に売ろうとしたことはないのだな」

「ありません」

「間違いないな」

「へい」

「浅吉はどうなのだ？　お光の父親を殺したことやいかさま博打のことをばらされては困るから、口を封じようとしたのではないのか」

「違います。浅吉は何か勘違いしているんです。だから、殺そうなんて考えていませんよ」

「では、もうお光や浅吉に手出しはしないな」

「もちろんです」

「浅吉は堅気になりたがっている。足を洗いたいそうだ。それを許すのか許さぬのか」

「許すも何も、浅吉はとっくにうちから逃げて行った男ですから」

「許すということか」

「へえ」

「伊平。今の言葉を聞いたな」

剣一郎は伊平に確かめる。

「はい」

「もし、浅吉やお光に再び危害が加えられるようなことがあれば、徹底的に取り締まるのだ。よいな」

「はい」

「あとは、お光の父親の死の真相を、そなたの責任で明らかにせよ」

「わかりました」

伊平は苦しそうに答える。

「伝六。邪魔をした」

剣一郎は伝六の家を出た。定町廻り同心貝塚伊平は引き上げる剣一郎を呆然と見送っていた。

剣一郎が八丁堀の屋敷に帰ったのは、夕焼けの色がだいぶ薄まったころだった。

夕餉のあと、剣一郎は腕組みをして濡縁に座った。浅吉がお染の相手でなかったことで、また隘路《あいろ》に陥《おちい》った感があったが、浅吉によってお染の相手は職人らしいことがわかった。

『大島屋』に出入りの職人であろう。ただ、職人といってもまだ若い。親方のところに通って仕事をしているはずだ。

だとすると、妙だ。そんな男がお染と花嫁の消失を画策《かくさく》したとしたら仕事を休まず出来ただろうか。親方に気づかれず、お染を連れ出して匿っていられるのか。

もしかしたら、お染のために親方のところを辞めたのか。そこまでしなければ、あのような大胆なことは出来ないだろう。

『大島屋』出入りの職人で、辞めた者がいないか。そこまで考えたとき、ふと京之進が探索している事件が脳裏《のうり》を過《よぎ》った。

両国橋に流れ着いた船に喉を斬られた指物師の恭助が乗っていた。腐敗の進み具合から死んで数日経っていることがわかった。死んだのは六月四日から五日にかけてと見られている。

一旦《いったん》は別の事件と判じたが、もしかすると……。

剣一郎は中間を呼んだ。庭先に中間がやって来た。

「京之進の屋敷まで行ってくれ。ききたいことがあるので来てもらいたいと」

「はい」

中間は庭を出て行った。

それから四半刻後に京之進がやって来た。

「呼び出してすまぬ」

剣一郎は詫びてから、

「恭助殺しの探索はどうだ？」

「面目《めんぼく》ありません。いまだ手掛かりもありません。ただ、六月四日の夜遅く、恭助が殺されたと思われる石浜の小屋の周辺で、いくつか提灯の明かりが揺れているのを見ていた者がおりました。このことから、恭助は何人かに追われ、石浜まで逃げてきたのではないかと……」

「なるほど。追われていたか」

剣一郎は首をひねってから、

「恭助は博打をするのか」

と、きいた。

「いえ、しません。いたって真面目です」

賭場でのいざこざから追われる羽目になったというわけではないようだ。

「なぜ、追われることになったのか、何か手掛かりは？」

「さきほども申しましたように、恭助は真面目な男です。喧嘩《けんか》などするようなことはありません。ですから、何か事件に巻き込まれたか、あるいは何者かの秘密を偶然に知ってしまったか」

「恭助の特徴は？」

「色白の優男ですが、鼻筋が通って整った顔だちだったそうです。死顔を見ただけでも、その特徴はわかりました」

「色白で鼻筋が……」

剣一郎はうむと唸《うな》った。

「何か」

京之進が不審な顔をした。

「『大島屋』のお染の相手が、色白で鼻筋が通った男だったらしい」

剣一郎は浅吉について語った。

「まさか、お染と恭助が……」

京之進は啞然とした。

「お染は『川田屋』の角太郎との祝言を控えていた。何者かが、縁組の妨《さまた》げになる恭助を手にかけたのかもしれぬ」

剣一郎は推《お》し量《はか》ってから、

「恭助の親方はなんというのだ?」

「駒形町の茂三です」

「明日、茂三のところに案内してくれ」

「わかりました」

京之進が引き上げたあと、庭先に太助が立っているのに気づいた。

「待っていたのか」

「へい」

「無事、新堀村に?」

「はい。『野田屋』のおすみさんは浅吉が心を入れ替えてくれたと喜んでいました。青柳さまによろしくと」

「そうか。よかった」

剣一郎は安堵した。

「太助、飯を食ってこい」

「毎日、いただいていては……」

「遠慮することがあるものか。早く行ってこい。戻ったら話すことがある」

「はい」

太助は庭をまわって勝手口に向かった。

やがて、太助が口をもぐもぐさせながら戻ってきた。

「ちゃんと食べてきたのか」

「はい」

口の中のものを喉の奥に呑み込んで、太助は答えた。

「だいじょうぶか」

「だいじょうぶです。それより、お話を聞かせてください」

「やはり、そのことが気になって急いで食ってきたな」

「そうでも……」

太助は俯いた。

「しょうもない奴だ。まあ、そなたが悪いわけではない。わしが思わせぶりなことを言ったのがいけなかったのだ」

「すみません。よけいな気を使わせてしまいました」

「話というのはお染の相手の男のことだ。もしかしたら、殺された指物師の恭助という男かもしれぬのだ」

「船のホトケの男ですね」

「そうだ。京之進に確かめたら、恭助は色白で鼻筋が通っているそうだ」

「えっ、じゃあ、浅吉が見た男というのは、恭助ですか」

「おそらく」

剣一郎は自分の考えを語ってきかせたが、

「でも、恭助は祝言の日には死んでいるじゃありませんか。だったら、お染とつるんでいたのは誰なんですかえ」

「わからぬ。お染を手に入れたい何者かが恭助を殺し、お染が『川田屋』から脱け出す手助けをした……。いや」

剣一郎は迷った。

恭助は祝言のあった六日より前に死んでいたのだ。間夫は恭助ではなかったのかもしれない。色白で鼻筋が通った男は他にもいるだろう。

お染を手に入れたい何者かが恭助を殺し、お染が『川田屋』から脱け出すのを手伝ったと考えるより、お染の間夫は他にいる。そう考えたほうがいいかもしれない。

しかし、間夫が誰かというよりも前に、お染がどうやって『川田屋』から脱け出たのか、その解明が出来ていなかった。

根岸の里の庵に住む尼僧の言葉は明快だった。

天井裏や床下にひとが通った形跡がなかったなら、廊下の出入口から出たのでございましょうと言った。問題はどうやって控えていた者に気づかれず出て行けたのかだが、尼僧は気になることをふたつ挙げた。

ひとつは花嫁衣装が脱ぎ捨てられていたことだ。普通の格好になれば、混乱のどさくさに紛れて気づかれずに外に出られると。そして、もうひとつ、行灯の明かりが消えて、部屋の中が真っ暗だったことを指摘した。闇の中で、何か細工をしようと思えば出来るのではないかと。

剣一郎はもう一度、尼僧の言葉を嚙みしめた。

剣一郎は唸った。

闇の中で、何か細工をしようと思えば出来る。尼僧の考えで筋書きを描けばこうなる。

お染は花嫁衣装を脱ぎ捨て、女中のような姿になって行灯を消して角太郎がやって来るのを待つ。

そして、角太郎がやって来て襖を開けて中に入る。暗いので明かりを点《つ》けるように言うと、お民が部屋の中に入る。そのとき、お染は部屋の暗闇からお民の脇を抜けて廊下に出る。おさんは角太郎の前に立ち、お染を隠す……。

こういうことになるが、廊下には小僧の市松もいたのだ。それに、お民にしても、自分のそばを誰かが通れば、さすがに気づくのではないか。

角太郎にしろ、お民や市松にしろ、何にも異常を感じていないのだ。いくら暗闇とはいえ、ひとの気配はわかるのではないか。

長谷川四郎兵衛には五日以内に真相を明らかにすると大見得《おおみえ》を切ったが、真相には少しも近づいていないと、剣一郎は思わず胸を掻きむしりたくなった。

第四章　恋情《れんじょう》

一

　駒形町にある茂三の仕事場に通いの職人が続けて入っていく。剣一郎と京之進も土間に足を踏み入れた。

　作業場には簞笥《たんす》や小箱などが置かれている。もう、何人かの職人が木槌《きづち》や鉋《かんな》を使って作業をはじめていた。

「茂三を呼んでもらいたい」

　京之進が応対に出てきた若い男に声をかける。

「はい」

　素直に返事をし、奥に向かった。

　すぐに気難しそうな顔の男が出てきた。

「これは旦那《だんな》」

「茂三。恭助のことで、青柳さまがお訊《たず》ねになりたいそうだ」

「へい」

茂三は剣一郎に顔を向けた。

「さっそくだが、そなたのところは田原町の『大島屋』とつきあいはあるか」

剣一郎は切り出す。

「『大島屋』さんではよくお仕事をさせていただいております。この度《たび》のご祝言《しゅうげん》の箪笥もうちで作りました」

「『大島屋』の仕事に、恭助は関わっていたのか」

「はい。小箱などは恭助が手がけております」

「小箱は女物か」

「はい。娘のお染さんが使うものです」

「仕上げたものを、恭助が『大島屋』に届けることもあったのか」

「はい、たいていは恭助が自分で届けていました」

「恭助には好きな女子《おなご》はいなかったのか」

「いなかったと思いますが」

茂三は作業をしている弟子たちに向かい、

「おい、どうだ。恭助に女っ気《け》はあったか」

と、きいた。

「いえ」

一番年嵩《としかさ》と思える職人が首を横に振ったが、若い職人が遠慮がちに、

「あの、あっしは恭助が女のひとと連れ立って歩いているのを、一度見たことがあります」

と、口にした。

「女の顔を見たか」

剣一郎はきく。

「いえ、後ろ姿だけでした。ただ、身なりの整った女でした」

「どこで見たのだ？」

「待乳山聖天です」

「待乳山聖天か」

浅吉がお染を見かけたのも待乳山聖天で、帰りがけに恭助らしい男とすれ違っている。

「青柳さま」

茂三が口を開いた。

「今から思い返せば、『大島屋』さんへの使いは、いつも恭助が買って出ていました。そのうち、『大島屋』さんへは恭助が行くのが当たり前になっていました」

茂三は眉根《まゆね》を寄せ、

「まさか、恭助は『大島屋』さんのお染さんに……」

「そのような素振《そぶ》りはあったのか」

剣一郎は逆にきいた。

「いつだったか、そろそろおめえも嫁《よめ》をもらわなければなと言ったら、恭助は職人風情《ふぜい》ですからと、妙にいじけたような言い方をしたことがありました。ひょっとしたら、身分違いの娘に惚《ほ》れたのかと思い、釣り合わぬは不縁のもとだ、身分相応《そうおう》の嫁をもらうんだと言った覚えがあります」

恭助はお染に惚れていたようだ。だが、お染のほうはどうだろう。ときたま待乳山聖天で会っていたとしても単に遊びだったということもありうる。

いや、もし、ふたりの仲が真剣だったら……。恭助に嫉妬《しっと》し、憎《にく》しみを覚えるであろう男が浮かび上がってくる。

『川田屋』の角太郎だ。

お染との祝言を控え、角太郎は恭助の存在に堪《た》えられず、ひとを雇《やと》って恭助を殺させた……。

剣一郎は外に出てから、

「恭助とお染は好き合っていたのかもしれぬ。念のために、お染のほうにも恭助との関係を裏付ける証《あかし》があるか調べるのだ。それと、『川田屋』の角太郎だ。角太郎は恭助のことを知っていたのかもしれぬ」

「わかりました」

京之進はまず田原町に向かった。

それから一刻（二時間）後、剣一郎は根岸の里の庵《いおり》に来ていた。

庭に面した部屋で、剣一郎は尼僧《にそう》と差し向かいになった。

「また、ご教示を賜《たまわ》りたく参った」

剣一郎は改《あらた》めて挨拶《あいさつ》をする。

「ご教示なんて、とんでもないことです」

尼僧は控えめに言う。

「まだ、『川田屋』から花嫁が消えた謎《なぞ》が解けませぬ」

「青柳さまほどのお方が……」

尼僧は意外そうに言う。

「やはり、花嫁のお染が自ら脱け出たことに間違いはないが、いつ部屋を出て行ったのか。唯一の機会は、花婿の角太郎が様子を見にやって来たときであろうが、何人もの目をかいくぐって外に出られるか」

剣一郎はそのときの部屋の前の状況を説明し、

「角太郎がやって来たとき、たとえ行灯《あんどん》の灯《ひ》が消えていて部屋が真っ暗だったとしても、角太郎、女中のお民、小僧の市松の三人の目を盗んで廊下に出ることが出来たか」

「さようでございますね」

少し首を傾《かし》げたが、尼僧はすぐ続けた。

「こういうことは考えられませぬか。花嫁は衣装を捨て、黒装束《しょうぞく》に身を包み、部屋に入ったすぐ上の天井に張りついていた……」

「天井にか。お染には無理な芸当《げいとう》であろう」

「その花嫁はほんとうにお染さんだったのでしょうか」

「お染ではなく入れ代わっていたと？」

「はい。たとえば軽業《かるわざ》の女芸人」

「無理だ。花嫁は『大島屋』からふた親や兄らに見送られて出立しているのだ」

「花嫁行列の途中、なんらかの事情があって、どこぞで休息をとられたとか。たとえば、花嫁がお世話になったひとに挨拶したいといい、ある家の前に駕籠《かご》を横付けさせ、中に入る。そして、そこですり替わり、再び出てきたときには別人になっていた。角隠《つのかく》しをして俯《うつむ》いていれば、誰も入れ代わっているとは思わないのでは」

「確かに、入れ代わろうと思えば出来よう。しかし、これが祝言のその日まで花嫁に一度も会ったことがない縁組《えんぐみ》ならばともかく、『川田屋』の角太郎はお染を知っているのだ。角太郎が望んだ縁組だ」

「さようでございますね」

尼僧は素直に自分の考えを引っ込めた。

「しかし、あなたのお考えは捨てづらい。もし、角太郎さえうまくごまかせれば……」

そう言ったあとで、剣一郎ははっとした。

「角太郎……」

思わず呟《つぶや》く。

「何か」

「今のお言葉から気がついた。お染が角太郎から逃げるために仕組んだと考え、はじめから角太郎を害を受けた側に立たせていた。だが、もし、角太郎がこの一件を首謀していたとしたら……」

「まあ」

尼僧が目を見張った。

「なぜ、花婿どのが？」

「じつは、お染には好きな男がいた。その男がいる限り、お染は自分に心を開かない。角太郎はそう思い……」

剣一郎は言葉を止めた。

「いや、まったくの想像に過ぎない。証もないのに、軽々に口にすることは出来ぬ。今は差し控えよう」

「さようでございますね」

尼僧は素直に頷《うなず》いた。

「しかし、あなたと話していて、いろいろな考え方が出来ることがわかった。考えが行き詰まったときは、そのときの思い込みから遠ざからねばならぬことを教わった」

「私は何も」

尼僧は微笑《ほほえ》んだ。

剣一郎は質素《しっそ》な部屋の中を見回し、さらに野趣《やしゅ》に富んだ庭に目をやって、

「こういう暮らしをしていると、かえってひとの心の動きが見えるのかもしれぬな」

「いえ、私は青柳さまがお出しになった謎で遊んだだけ。久しぶりに、楽しい謎遊びに夢中になりました。私もぜひ真相が知りたく存じます」

「その節《せつ》はまた参る」

そう言い、剣一郎は立ち上がった。

尼僧の見送りを受けて、剣一郎は庵をあとにした。

ひとりになって、改めて角太郎が首謀者という筋を考えた。

花嫁が消えた謎も、角太郎が黒幕となれば説明がつく。

尼僧は花嫁が途中で別人と入れ代わったのではないかと指摘した。しかし、花嫁行列に異変はなかったはずだ。途中でどこかに寄ったにしても、その家の者が

角太郎に手を貸していなければ入れ代わることは出来ない。

だが、『川田屋』に着いてからは可能だ。角太郎はお染を縛《しば》り上げ、土蔵に監禁する。そして、おさんに白無垢《しろむく》の花嫁衣装を着せる。

祝言の席で、角太郎の隣に座っていた花嫁は、おさんだ。そして、おさんは角太郎に耳打ちをする。具合が悪いので中座するといい、角太郎は花嫁を連れて奥の部屋に向かう。

その部屋におさんを入れてから廊下に出た角太郎は、女中のお民と小僧の市松に部屋の前で控えるように命じる。部屋の中で、『大島屋』の女中が花嫁に付き添っているからと告《つ》げた。

言われたふたりが部屋の前で待っていると、襖《ふすま》が開いて女中姿となったおさんが出てきた。

ひとりにしてくれと言われたからと、おさんは言い訳をし、いっしょに廊下に控える。そのとき、すでに部屋の中に誰もいなかったのだ。

そうすれば、花嫁は確かに消える。

お染はどうしたか。土蔵に閉じ込められたままとは思えない。奉公人に見つかるかもしれないのだ。

剣一郎の胸に暗い翳《かげ》が射《さ》した。もはや、生きてはいないかもしれない。角太郎は恭助を殺し、そしてお染まで手にかけた……。

しかし、あくまでも想像でしかない。証はなにもないのだ。ただ、今のように考えない限り、花嫁が消えた謎を説明することは出来ない。

そしてこの企《くわだ》てに、『文古堂』の文兵衛が手を貸している。廻髪結《まわりかみゆ》いのおさんに手伝わせたのは文兵衛ではないか。金でやらせたのだろうが、あとになっておさんがさらに金を要求した。くれないなら、全部ばらす。そう脅《おど》されて、文兵衛はおさんを殺す羽目《はめ》になった……。

すべてのつじつまは合う。

しかし、角太郎や文兵衛にこの話をぶつけても、素直に答えるはずはない。『川田屋』の土蔵を検《あらた》めても、お染が監禁されていた痕跡《こんせき》がいまだにあるとは思えない。

あるいはこの件に、『川田屋』の者が他にどれほど関わっているのか。

音無川沿いを歩いていくと、川っぷちにしゃがんでいる男がいた。剣一郎は近づいて声をかけた。

「太助ではないか」

「あっ、青柳さま」

太助は立ち上がった。

「どうしたんだ、こんなところで？」

「青柳さまをお迎えに」

「迎え？」

「さっき京之進さまにお会いしたら根岸の里だと言うんで、ここでお帰りをお待ちしていました」

「何かわかったのか」

「髪結いのおさんをよく知っているという男が、青柳さまを訪ねてきたのです。それで、お知らせに」

「誰だ？」

「鋳掛《いか》け屋の松蔵《まつぞう》って年寄りです」

「おさんとはどういう関係なのだ？」

「おさんの父親の知り合いだとか」

「ともかく、会ってみよう。住まいは？」

「深川佐賀町《さがちょう》の権兵衛店《ごんべえだな》だそうです。夕方に戻るそうです」

「よし、夕方に訪ねてみよう。その前に、『川田屋』に行く」

そう言い、剣一郎は三ノ輪から入谷《いりや》を抜け、大伝馬町に向かった。

剣一郎は『川田屋』に行き、店先に市松を見つけ、声をかけた。

「市松」

「あっ、青柳さま」

市松はぴょこんと頭を下げた。

「すまぬ。お民に会いたい。裏口の近くで待つから、手すきのときに出てきてほしいと伝えてくれぬか」

「はい、伝えます」

市松は店の奥に向かった。

剣一郎と太助は『川田屋』の裏手にまわった。

待つほどのこともなく、裏口の戸が開いて、お民が出てきた。

「青柳さま」

お民は小走りに近づいてきた。

「だいじょうぶか」

「はい。少しくらいなら平気です」

「また、教えてもらいたい。あの夜、角太郎が件《くだん》の部屋から出てきて、そなたに声をかけたとき、花嫁に付き添っていたお峰の姿を見たか」

「いいえ、見ていません」

「すると、そなたがお峰を見たのは部屋から出てきてからか」

「はい」

「別に妙には思わなかったか」

「はい。若旦那から付き添いの女中がいっしょにいると聞かされていましたので」

「ところで、花嫁が『川田屋』に到着して以降、何か騒ぎは起きなかったか」

「騒ぎですか」

お民は不思議そうな顔をした。

「妙に思ったことはなかったか」

「はい」

仮にあったとしても、女中の耳には届かなかったかもしれない。

「そなたは、土蔵に入ったことはあるか」

「いえ、ありません。ただ、花嫁さまが消えたあと、灯《あかり》を持って番頭さんたちについて土蔵に入りました」

「誰かいた痕跡は？」

「いえ、ありませんでした」

「そうか。花嫁を見つけだすために、家の中も捜したのだったな」

「はい。どこにも花嫁さまはいませんでした」

「そうか」

剣一郎の考えはまたも行きどまりだ。

確かに『川田屋』で花嫁を入れ替えたとしても、お染を隠しておくことは無理だ。早々に、お染を『川田屋』の外に連れ出さない限り。

「わかった。早く、戻るがよい」

「はい」

お民は急いで裏口から引き上げていった。

二

永代橋《えいたいばし》を渡り、剣一郎と太助は佐賀町の権兵衛店にやって来た。夕餉《ゆうげ》の支度《したく》をしているようで、家々から煮物の匂いが漂《ただよ》っている。

松蔵の住まいをきいて訪ねてみたが、まだ松蔵は戻っていなかった。

「木戸の外にいよう」

剣一郎は長屋路地を出た。

長屋木戸を出て待っていると、鞴《ふいご》を肩から提《さ》げた男が俯き加減に歩いてきた。

「松蔵さん」

太助が声をかける。

鞴を抱えた年寄りが顔を上げた。

「おう、おまえさんはさっきの。やっ、青痣与力《あおあざよりき》」

「そうだ、お連れした」

「さっそくだなんてうれしいぜ」

松蔵は歯の欠けた口を開けて笑った。

「松蔵か。わしに何か話があるのか」

剣一郎は松蔵に声をかける。

「へえ」

「よし、川のほうに行こう」

三人は大川の岸に出た。対岸の浜町《はまちょう》の町並みも薄闇《うすやみ》に包まれてゆく。川風が爽《さわ》やかだった。

「そなたとおさんの関係を教えてもらいたい」

向かい合ってすぐ剣一郎は口を開く。

「へい。おさんの父親も同じ鋳掛け屋でした。同じ長屋で隣同士だったんです。おさんの父親というのが大酒飲みのとんでもない男で、おさんが十五の歳から客をとらせていたんです」

松蔵は唇《くちびる》をひんまげた。

「そんなころから春をひさいでいたのか」

剣一郎は痛ましげに言う。

「へえ、最初はいやがっていたんですが、おさんも金が手に入る喜びを覚えたのか、自ら進んでやっているようでした。父親が死ぬと、長屋から出て行きましたが、町で出会ったことがあるんです。廻髪結いの格好をしているので、堅気《かたぎ》の商売をしているのかと安心していたら、どうも違ったんです」

唾《つば》を呑《の》み込んで、松蔵は続ける。

「あの日、久しぶりにおさんに会いました。柳原通りで。おばさんも元気かときかれ、うちの奴は半年前に亡くなった、あっしも膝を痛め、歩くのに難儀しているが、金を貯《た》めて墓を建ててやりたいからこうして商売をしているんだと言ったら、ぽんと一両くれたんです。これでお墓を建てて、おじさんも無理しないでって。こんな大金もらうわけにはいかないというと、少しお金が入るから気にするな、と」

「金が入る？」

「へえ、そう言ってました。おさんは根はやさしい娘なんです。あんな親父じゃなければ、きっとまっとうに育ち、今頃はいいところに嫁に行っただろうに」

松蔵は声を詰まらせ、

「なんであんな死に方をしたのか」

と言ってから、急に厳しい顔になった。

「青柳さま。あっしはおさんを殺した男を探していたんです。でも、やっと見つけました。だから、青柳さまに仇《かたき》をとってもらおうと思いまして」

「待て。そなたはおさんを殺した男を知っているのか」

「一両をもらったあと、悪いことをして手に入れるんじゃないだろうなってきいたんです。そしたら、心配しないでって。まともな報酬だからと。別れたあと、あっしは気になっておさんのあとを尾《つ》けたんです。そしたら、柳原の土手にある杉森《すぎもり》神社で、おさんは若い男と会っていたんです。その男から金を受け取っていました」

「若い男？」

剣一郎は『文古堂』の文兵衛に疑いの目を向けていた。予想は外れた。

「そなたは、その男がおさんを殺したと思っているのか」

「そうです。おさんが殺されたのはその日ですから。それに、男はおさんに摑《つか》みかかろうとしたんです。おさんは素早く逃れましたが」

「しかし、そなたはその場を去っているな。危険な状況だったら、そなたは騒いだはずだ。何事もないようだから引き上げたのではないのか」

「そのことはあっしも後悔しています。もっと注意しているのだったと」

「それは何刻のことだ？」

「夕七つ（午後四時）は過ぎていました」

「まだ、辺《あた》りは明るい」

「でも、人気《ひとけ》はありませんでした」

「で、その男は何者だ？」

「神田相生町《かんだあいおいちょう》にある『室生屋《むろうや》』という薪炭《しんたん》問屋の若旦那で、彦次郎《ひこじろう》という男です。青柳さま、どうかおさんの仇を討ってやってください」

「そなたは、彦次郎がおさんを殺したところを見ていないのだろう」

「ええ。見ちゃいませんが、その男しかいません」

「彦次郎はおさんと会って金を渡しただけかもしれぬ。問い詰めても、殺してないと否定するに違いない」

「でも、あの男です」

　松蔵は思い込んでしまっているようだ。

「その男が彦次郎と、どうやって知った」

「ふたりが言い争っていたとき、店の名を口にしていたので」

「わかった。調べてみよう」

「ありがとうございます。よろしくお願いいたします」

松蔵と別れたあと、

「明日、彦次郎に会ってみよう」

と、剣一郎は言った。


翌朝、剣一郎は太助とともに今戸に向かった。

行く先は、今戸の一軒家だというおさんの家だった。住み込みの婆《ばあ》さんはまだ住んでいるはずだ。

おさんの家はすぐわかった。

主《あるじ》をなくした家はひっそりとしていた。格子戸を開けて、太助が声をかける。

だいぶ暇そうな婆さんが出てきた。

「青柳さまで」

婆さんは畏《かしこ》まった。

「おさんのことできききたい」

剣一郎は切り出す。

「『室生屋』の彦次郎という名を、おさんから聞いたことはあるか」

「彦次郎さんならここにも来たことがあります」

婆さんがあっさり言う。

「来た？」

「はい。何度も」

「何度も？」

「そうです」

「客を家に呼ぶこともあるのか」

「ありません」

「では、彦次郎は客ではないというのか」

「最初は客でしたが、そのうち惹《ひ》かれていったのかもしれません」

「この家に、彦次郎以外、誰か来たことはあるか」

「ないはずです」

「つまり、おさんにとって彦次郎は特別な男ということだな」

「そうです。彦次郎さんが来ると、とてもうれしそうでしたから」

剣一郎はついでに確かめる。

「おさんの口から『文古堂』の文兵衛の名が出たことはないか」

「いいえ、聞いていません」

「『川田屋』の角太郎はどうだ?」

「いえ」

　婆さんは首を横に振った。

「ところで、おさんが亡くなって、これからどうするのだ?」

「次の住み込み先が見つかったらここを出ていきます。ここにいても、実入りはないですから」

　婆さんは寂しそうに言った。

「邪魔したな」

　剣一郎は礼を言い、外に出た。


　それから半刻(一時間)後に、神田相生町の『室生屋』に彦次郎を訪ねた。

　彦次郎に会いたいと番頭に告げると、すぐに二十五、六の男を連れてきた。

「おさんのことできききたいことがある」

　剣一郎が切り出すと、彦次郎は表情を強張《こわば》らせた。

「外でお待ち願えますか」

「いいだろう」

店の外で待っていると、彦次郎が出て来た。

日陰に身を寄せ、

「廻髪結いのおさんを知っているな」

「はい」

素直に応じた。

「どういう間柄だ？」

「お金で何度か」

「客というわけか」

「はい」

「おさんが殺されたのを知っているな」

「……はい」

「おさんが殺された日、柳原の土手にある杉森神社で、そなたはおさんと会っていたのではないか」

「…………」

「どうなんだ？」

「会いました」

彦次郎は認めた。

「なぜ、そんな場所で会ったのだ?」

「店に来られたくないので」

「そなたは、今戸のおさんの家に行っていたようではないか」

「はい」

「なぜ、そこに行かなかったのか」

「ちょっと行きづらくて」

「なぜだ?」

「それは……」

次の言葉を言い淀《よど》んで、彦次郎は俯いた。

「金を渡したのではないか」

はっとしたように顔を上げた。

「何の金だ?」

「代金です」

彦次郎はぽつりと答える。

「代金とは?」

「遊んだお金です」

「その都度《つど》、払うものではないのか」

「………」

「まあいい。それから、どうした？」

「すぐ別れました」

「どこで？」

「杉森神社です」

「おさんをそこに残して自分だけ引き上げたというわけか」

「………」

「おさんは、その後に殺された」

「私じゃありません」

彦次郎は訴えるように叫んだ。

「私はすぐ引き上げました。おさんが死んだのを知ったのは次の日です」

「おさんが殺されたことを知って、なぜ名乗り出なかったのだ？」

「おさんとの関係を知られたくないのと、私が疑われるのではないかと怖くなって……」

彦次郎は青ざめていた。

「そこから引き上げるとき、誰かを見かけなかったか」

「いえ」

「あいわかった。また、きくことがあるかもしれぬ」

「はい」

彦次郎は引き上げた。

「彦次郎と松蔵の話が微妙に違う。念のために松蔵について、聞き込んでくれぬか」

「わかりました」

太助と別れ、奉行所に戻った剣一郎は同心詰所に足を向け、京之進が帰ったら顔を出すように言伝《ことづ》てをして与力部屋に向かった。

四半刻後に、京之進がやって来た。

空いている部屋に移って、

「鋳掛け屋の松蔵という男を知っているか」

と、剣一郎は切り出した。

「鋳掛け屋ですか」

　京之進は身を乗りだし、

「その松蔵とは何者なのですか」

と、きいた。

「おさんの父親とは昔からの仲間だそうだ。その松蔵がわしに会いに来た」

そう言い、松蔵から聞いた話をした。

「それで、『室生屋』の若旦那の彦次郎にも会ってきた」

続いて、彦次郎とのやりとりを話した。

「もちろん、本人は否定した」

「そうですか」

「ところで、さっき鋳掛け屋という言葉に驚いたようだが？」

「はい、じつは、おさんが殺された日の夕方、鋳掛け屋の年寄りを見たという者が出てきたのです」

「松蔵に違いない。どこで見たのだ？」

「柳原の土手から駆け下りてきたそうです」

「駆け下りてくる？」

剣一郎は妙に感じた。

松蔵の話では、おさんと彦次郎が会っている最中にその場を引き上げたということだ。土手を駆け下りたという様子とは印象が違う。

「で、見たのは？」

「床店に古着を買い求めにきた、浜町堀に住む女房です。床店の主人が、その女房が話をしていたのを小耳に挟んで」

「そうか」

なぜ、松蔵は剣一郎に話をもって来たのか。そのことに引っ掛かりを覚えていたので、

「松蔵から改めて話を聞いたほうがいい」

と、剣一郎は告げた。

「青柳さま。いずれにしろ、松蔵の言い分が正しいとなると、おさん殺しは様相《ようそう》が違ってきますが」

「うむ。『川田屋』の件とは関係ないことになる」

顔をしかめ、剣一郎はため息をついた。

「ところで、『川田屋』だが、こういう筋書きを考えてみた」

そう言い、剣一郎は角太郎が誰かを使って恭助を殺し、さらに花嫁が消えるという奇怪な状況を作り上げて、お染殺しの疑いから目をくらまそうとしたのではないかと話した。

「なるほど。角太郎が絡んでいたなら花嫁のいなくなった件は説明がつきそうですね」

「ただ、どの時点で花嫁が入れ代わったか。『川田屋』でのことだと思うが、そのあとお染はどうなったのか、まだわからない」

剣一郎は痛ましげに、

「いずれにせよ、お染はすでにこの世の者ではあるまい。『川田屋』から生きて出られたとは考えづらい」

「やはり、殺されていますか」

京之進もやりきれないように言う。

「残念ながら、今までまったくお染の手掛かりがないのは、すでに死んでいるからと考えるべきであろう」

「そうですね。思い切って『川田屋』を取り調べますか」

京之進が身を乗りだした。

「いや、お染の亡骸《なきがら》が見つかったのならともかく、今のままでは言い逃れられてしまう」

「はい」

「目の前のことを一つずつ片づけていくしかない。まず、松蔵の訴えだ」

「わかりました。さっそく、松蔵と会い、それから彦次郎を調べてみます」

京之進が引き上げたあと、長谷川四郎兵衛と約束した五日の期限がだんだん迫っていることに、微かな焦りを覚えていた。

三

その夜、八丁堀の剣一郎の屋敷に彦次郎が訪ねてきた。

「夜分に申し訳ありません。あのあと、同心の植村さまからもいろいろ問い質《ただ》されました。青柳さまにお話ししたとおりにお答えしましたが、このままではいけないと思い、正直にお話し申し上げます」

彦次郎はまるで、おさん殺しを告白するかのような口振りだったが、

「青柳さま、おさんを殺したのは私ではありません」

と、真っ先に言った。

「詳しく話すのだ」

「はい」

彦次郎は思い詰めたような目で語りだした。

「私はおさんの家に何度か行きました。もちろん、商売女として接していたのですが、そのうち嫁にしてくれと言い出して……」

「おさんが？」

「はい。嫁にしてくれないならお店に乗り込むと。……どうやら金目当てだったのです」

「おさんは本気だったのではないか」

「そんなことはないと思います」

「しかし、おさんの家の住み込みの婆さんは、おさんはそなたに惚れていたと言っていたが？」

「…………」

「どうなんだ？」

「私にはやさしくしてくれましたが」

「なぜ、おさんは嫁にしてくれと言い出したのだ?」

「それは……」

彦次郎は言い淀んだが、

「私の縁談が整ったからだと思います。嫁をもらったら、おさんとはもう会えないと言いました」

「なるほど。それで、嫁になりたいと言い出したのか」

「はい。出来ないと断ると、じゃあお金をくれと。手切れ金です」

「杉森神社で、おさんに渡した金は手切れ金か」

「そうです。あの日、十両渡したら、あと十両と言いだしました。約束が違うと、おさんに飛びついたのですが、いやなら祝言の席に乗り込んでめちゃめちゃにしてやると脅してきました」

彦次郎は深くため息をつき、

「仕方なく、あと十両を渡す約束をして、私はそこから引き上げたのです。ほんとうです。そのあと、何があったのか、私は何も知らないのです」

「周囲に、誰かいるのを気づかなかったか」

「誰もいなかったと思います」

彦次郎はため息混じりに答える。

「明日、植村さまにも今お話ししたとおりにお答えします」

「そなたは、おさんは誰に殺されたと思うのだ？」

「わかりません」

彦次郎の話には不自然なところはない。真摯《しんし》に己の潔白《けっぱく》を証明しようと訴えていた。

彦次郎がおさんと別れたあと、他の誰かがやって来たのだろう。松蔵の話では、松蔵はおさんと彦次郎の話し合いが済む前にその場を離れたということだ。

彦次郎が去ったあとに来たのは、『文古堂』の文兵衛か。やはり、おさんは花嫁が消えた件で文兵衛にさらなる報酬を要求した。そのことで、文兵衛がおさんを……。

だが、どうしてその場に文兵衛が来たのか。偶然はあり得ない。そこで会う約束をしていたとも思えない。文兵衛に用があれば『文古堂』に行けばいいのだ。

文兵衛が殺したと考えるのは不自然か。

「ところで、おさんは短刀を持っていたのか」

「はい。護身用に、髪結いの道具箱に隠してありました」

「客の本性《ほんしょう》はわからぬからな」

下手人《げしゅにん》はその短刀を使って、自殺に偽装したのだろう。

「私はこれで」

彦次郎が挨拶をして腰を上げた。

「ごくろうだった」

剣一郎は彦次郎を見送った。その後ろ姿は悄然《しょうぜん》としているが、陰険《いんけん》な暗さではなかった。下手人は彦次郎ではない。剣一郎はそう思った。

翌朝、太助がやって来た。髪結いが引き上げたあとで、剣一郎は太助の話を聞いた。

「松蔵の言うとおり、半年前に長年病《やまい》を患《わずら》っていた松蔵のおかみさんは亡くなっています」

「そうか」

「それから、十年前まで、おさんと父親がいっしょに住んでいたのもほんとうです」

「うむ。松蔵の話に嘘《うそ》はないのだな」

「へえ、ただ、ちょっと気になるのが」

太助は続けた。

「おかみさんが長患いの末に亡くなったので、薬代やらなにやらでかなりの借金があったそうなんです。ですが、それを最近いっぺんに返したってことです」

「松蔵はおさんから一両もらったと言っていたな」

「それがあっちこっちに返しているようですが、近所の隠居から借りていた三両をまとめて返したと」

「三両？」

「へえ、他にも返済しているから、全部で五両は返しているんじゃないかと、大家が言ってました」

「………」

剣一郎の頭の中で何かが弾《はじ》けた。

「太助、出かける」

剣一郎はすぐに多恵に手伝わせ、外出の支度《したく》をした。奉行所に行く継裃《つぎがみしも》でなく、単衣《ひとえ》の着流しだ。

松蔵は佐賀町から永代橋を渡り、日本橋、神田方面に商売でやって来るのだ。

足も悪く、それほど速くは歩けない。

剣一郎と太助は、八丁堀から霊岸島《れいがんじま》を経《へ》て北新堀町に出て、永代橋を渡った。強い陽射しが逃げ場のない橋の上に照りつけていたが、大川からの風が暑さをだいぶ和《やわ》らげていた。

「青柳さま。松蔵です」

太助が前方を見て言う。

陽炎《かげろう》のように揺れながら近づいてくる人影は、松蔵に相違なかった。

松蔵は剣一郎たちに気づいて立ち止まった。

「松蔵。聞きたいことがある。橋の上では暑い。ここからなら佐賀町のほうが近い」

「へい」

松蔵は引き返した。

橋を渡り切って、川っぷちのほうに下りる。茂みを抜けて川岸にやって来た。

さざ波が寄せては返している。

「松蔵。そなた、借金があったのを最近すべて返したと聞いたが、ほんとうか」

「……へい」

答えるまで、一瞬の間があった。

「いくらだ?」

「………」

「どうした?」

「うちの奴の薬代などが嵩んで……」

「だから、いくらだ?」

「五両ほど」

「その金はどうした?」

「おさんがめぐんでくれたんです」

「きのうは一両と言っていたが」

「いえ、五両です」

「松蔵。そなたはなぜわしに訴えにきたのだ?」

「それは、おさんを殺した男をやっと見つけたからです」

「そうではあるまい。おさんが死んでいた場所から逃げていく鋳掛け屋の年寄りを見たという者が現われたからではないのか。このままでは自分が疑われてしまう。だから、先回りをして疑いが向かないようにしようと、わしに近づいたのではないのか」

「いえ、決してそんなわけじゃありません」

松蔵は苦しそうに言う。

「彦次郎はおさんに十両を渡したそうだ。彦次郎に会う前に、おさんが五両もの金を持っていたと思うか」

「持っていたんです」

「松蔵、その五両はおさんから奪った金ではないのか」

「あっしがおさんを殺したっていうんですか。冗談じゃありません。あっしは短刀なんか持ってません」

「短刀とは？」

「おさんが握っていた短刀ですよ。それで喉《のど》を突いたんじゃないですか」

「おさんが短刀を握っていたと、誰からきいた？」

「えっ？」

「そんなことは誰にも話していないはずだ。真の下手人しか知らないことだとして、伏せて探索をしているのだ」

「………」

松蔵は口をわななかせた。

「おさんを殺したのはそなたではないのか」

剣一郎は穏やかな口調《くちょう》になって言った。

「…………」

「なぜ、殺したのだ?」

「…………」

松蔵はその場にくずおれた。

「あんな生き方をしているおさんが許せなかった。おさんの父親が一番悪いのはわかっています。でも、父親が死んだあと、十分にやり直せる機会があったんだ。あっしもうちの奴も、なんとかしてまっとうにさせようとした。でも、無駄だった……」

松蔵は溜めていたものをいっきに吐き出すように続ける。

「あの日、柳原通りで、偶然におさんに再会しました。廻髪結いの道具を持ち、派手な着物を着ていました。あっしが煙たいのかすぐ立ち去った。柳原の土手のほうに行くので、気になってあとを尾けたんです。そしたら、おさんは杉森神社で若い男と会っていました。その男から金を受け取ったあと、もう十両ちょうだいとせびっていた。おかみさんにしてくれたら、いらないけど、と。そんな脅し文句を言うおかさんを許せなくなりました。だから男が去ったあと、飛び出して行き、おさんを叱《しか》ったんです。そしたら、言い返してきて。思わず、顔を平手打ちしたんです。そのとき、おさんの商売道具から短刀が落ちて、あとは夢中でした。短刀を拾い、おさんを背後から押さえ込んで喉に……」

松蔵は荒くなった息を整え、

「死んだのを確かめてから、おさんの手に短刀を握らせ、懐《ふところ》から十両を奪い、それから髪結いの道具箱を川の中に放って逃げました」

「なぜ、彦次郎を下手人に仕立てようとしたのだ？」

「青柳さまが仰《おつしや》ったように、あっしに疑いがかかりそうになったので、ひと芝居打ったんです。彦次郎を下手人にしようとしたのは、おさんの望みを叶えて嫁にしてくれたら、きっとまっとうな女になったと思うと、あの男も憎くなって。勝手な話だとわかっているのですが……」

「松蔵、よく話してくれた。あとで、植村京之進のところに自訴《じそ》して出るのだ。決して自《みずか》ら命を断《た》とうと思うな」

「はい。ほんとうは、ふしだらな女のまま、おさんに生きていって欲しくなかったんです。だから、あっしはおさんを殺したことは後悔しておりません」

松蔵は突っ伏して嗚咽《おえつ》を漏らした。


それから一刻（二時間）後、剣一郎は神田相生町の『室生屋』に赴《おもむ》き、彦次郎を外に呼び出した。

「鋳掛け屋の松蔵という男がおさん殺しを認めた」

剣一郎が言うと、彦次郎はほっとしたように吐息を漏らした。

「おさんも可哀《かわい》そうな女でした。根は素直な女なのでしょうが、もうあんな商売しか出来ないようになっていたんだと思います」

「そなたには本気で惚れていたのではないか。そなたもそれは感じていたのであろう」

「はい」

彦次郎は認めた。

「おさんはそなたにになら、なんでも話したのではないか。たとえば、客のことを口にしたことはないか」

「客のことですか」

「おさんの客で、『文古堂』の文兵衛、あるいは『川田屋』の角太郎という名を聞いたことはないか」

「いえ。ありません。おさんはたまに客の性癖を口にしていましたが、それが誰かは口にしませんでした」

「そうか」

「変ですね。今になって、おさんとのことが思い出されてきます」

彦次郎は微《かす》かに目を細め、

「いつだったか、こんな話をしていました。若い男に声をかけられ、出合茶屋に入ったけど、指一本触れようとしなかったそうです。おさんがどうしてかときいたら、口元が妹に似ていて、その気にならないと。そんな話をして笑っていました。おさんはそういうことをあっけからんと口にするような女だったんです」

彦次郎は涙ぐんだ。

「すみません。なんだか、今になって悲しくなってきました」

「うむ。おさんにもいいところはたくさんあったのだ」

松蔵の言うように、彦次郎がおさんを受け入れてくれていたら、おさんはまっとうになったのだろうか。

「このあと、松蔵の件で、植村京之進という同心が事情をききにくるかもしれぬ。そのつもりで」

「はい」

彦次郎と別れ、剣一郎は神田川に出た。和泉橋を渡ったあと、ふと足を止めた。川岸の茂みに目を向ける。

おさんが殺されていた場所に、剣一郎は足を向けた。

当初、おさんは『文古堂』の文兵衛のつながりから花嫁の失踪に手を貸し、そのためにあとで文兵衛と揉めることになったのではないかと考えたが、どうやらその見方は間違っていたようだ。

おさんは誰に頼まれて花嫁の失踪に手を貸したのか。殺しには関わっていないが、当初の見立てのように文兵衛か。それとも他に……。

おさんの亡骸が横たわっていた辺りに立った。草木が陽光を白く照り返している。川船が上っていく。

ふと、彦次郎の言葉が蘇《よみがえ》った。客の若い男から口元が妹に似ていて、その気にならないと言われたと、おさんは笑っていたという。

おさんはその男の妹に似ていたのだ。まさか、その男とは……。

陽光が顔をじりじりとあぶる。しかし、剣一郎はそれに構わず、今の考えに没《ぼっ》頭《とう》した。

脳裏《のうり》に浮かんだのは『大島屋』の倅光之助だ。お染の兄。おさんが口にした男とは光之助ではないのか。

やはり、おさんは口元がお染に似ていたのだ。

光之助はお染が『川田屋』に嫁ぐことをいやがっているのを知っていた。しかし、結納《ゆいのう》も済ませ、祝言の日が近づいていた。

いやがるお染を無理やりに嫁に送り出すことに心を痛めた光之助が、『大島屋』に責任が及ばないように『川田屋』での祝言の場から花嫁を消すことを企んだ……。

つまり、『大島屋』から出発した時点で、花嫁はおさんに代わっていたのだ。白粉《おしろい》を塗り、角隠しをつけ、終始《しゅうし》俯き加減でおさんはお染になりすまして『川田屋』に赴く。女中役には、また別の女になり代わってもらう。もともとおさん口元はお染に似ているのだ。誰にも怪しまれず、祝言に臨《のぞ》む。そして、頃合いを見て具合が悪いと角太郎に告げ、件《くだん》の部屋に行く。同時に、女中役の女は『川田屋』から立ち去る。

そこまで考えて、剣一郎は首を横に振った。

先に考えたように、花嫁が消えるからくりは角太郎が手を貸してこそうまくいく。それに、『鬼一口』の掛け軸という小道具を用意してあることからしても、やはり角太郎が企てに関わっていると考えるべきだ。

なぜだ、と剣一郎は思わず声を上げた。

今の剣一郎の考えでは、花嫁を送り出した側も、迎える側も、花嫁がお染ではないのを知っているということになる。

どこかに破綻《はたん》があるのだ。それはどこか。剣一郎は額《ひたい》の汗を拭《ぬぐ》いもせず、懸命に考えた。

やはり、『大島屋』から出発した時点で花嫁が代わっていたという考えが間違っていたのか。その時点では、花嫁はお染だったのではないか。

では、いつどこで入れ代わったのか。花嫁行列の途中でどこかに寄ったのか、それとも『川田屋』に着いてからか。

花嫁を消すことで、誰が得をするのか。

一番は『大島屋』だ。祝言を挙げたことで『大島屋』の責任はなくなり、その上にお染の身を守ることが出来る。

しかし、いくらお染に似ているとはいえ、花嫁が別人だということに、角太郎が気づかぬはずはない。

そう考えると、やはり、疑わしいのは『川田屋』の角太郎だ。

嫉妬からお染の間夫《まぶ》の恭助を殺し、そして祝言の日に自分になびかないお染を殺し、疑いを逸《そ》らすためにあのようなことを企んだ。

花嫁を消すには角太郎が手を貸すことが必要だと考えれば、この考えが当たっているように思えるが、『川田屋』の屋敷内で、お染を殺し、誰にも気づかれぬように死体を始末出来るか。

そのとき、剣一郎ははっと気がついた。そもそもこの事件のとらえ方を最初から間違えているのではないか。

いったい、なんのために花嫁を消さねばならなかったのか。そこに何か秘密が……。

強い陽射しを受け、剣一郎はいつまでも土手に立っていた。

四

土と草の匂いに、汚穢《おわい》の臭いが混じっている。田畑の向こうに千住大橋を見ながら畦道《あぜみち》を抜けて、剣一郎と京之進は百姓家の軒先《のき》に立った。

京之進が土間に入ると、しばらくして陽に焼けた男といっしょに出てきた。

「六月四日の深夜、そなたがここから川っぷちのほうに提灯《ちょうちん》の灯を見たのか」

剣一郎は百姓の男にきいた。

「はい。ひとの騒ぐ声が風に乗って微かに聞こえ、外に出てみました。そしたら、大川のほうにいくつもの提灯の灯が揺れていたんです」

朴訥《ぼくとつ》な感じで男は答える。

「何があったのだと思った?」

剣一郎はきいた。

「誰かが追われているのかと。以前にも、博打場で喧嘩《けんか》した男が逃げてきたことがありましたので」

「騒ぐ声は長く続いたのか」

「いえ、すぐ静かになりました」

「提灯の灯は？」

「ふたつほど残して消えました」

「消えたというのは、提灯の灯が引き上げていったのか、それともその場で消したのか」

「その場で消したようです」

「すると、まだその場にひとは残っていたのかもしれないな」

剣一郎は確かめる。

「そうだと思います」

「わかった。邪魔をした」

剣一郎は百姓家から離れ、恭助が死んだと思われる小屋に向かった。蟬《せみ》の声がかまびすしい。

小屋の壁は所々朽《く》ちてなくなり、屋根も一部が破れていた。剣一郎は薄暗い中に入った。

板敷きの床板も剝《は》がれている。壊れた行灯が隅に転がっていた。

「この板の間に血が見つかりました。ここで殺され、恭助は船に運ばれたのだと思います。ただ、誰に追われていたかはわかりません」

　剣一郎は小屋の中を見回した。土間に、拳大の石が転がっていた。剣一郎はその石を拾った。

「これと同じような石は、いくつも河原に転がっています」

「なぜ、小屋の中に……」

　剣一郎は石を戻し、小屋の外に出た。

　橋場のほうから太助が走って来るのが見えた。

　太助は近づいて、

「見つかりました」

「見つかったか」

「はい。六月四日の深夜、橋場町に住む年寄りが大八車《だいはちぐるま》を引っ張っていく一行を見ていたそうです」

「どこへ行ったかわかるか」

「鏡ケ池《かがみがいけ》のほうに向かったそうです。その先を聞いてまわりましたが、大八車に気づいた者は見つかりませんでした」

「よし。鏡ケ池まで行ってみよう」

剣一郎は歩きだした。京之進と太助もついてくる。

「青柳さま。何かおわかりに？」

京之進は訝《いぶか》しげにきいた。

「おそらく間違いないと思うが……」

剣一郎は慎重になった。

鬱蒼《うっそう》とした中に鏡ケ池が現われた。水は青く澄んでいる。池の周囲には商家の寮や妾宅《しょうたく》、そして池を過ぎると、寺が並んでいた。

剣一郎は太助に、

「この付近の寺に浅草田原町の『大島屋』の菩提寺《ぼだいじ》があるはずだ。寺務所に行き、調べてきてくれ」

「はい」

太助は駆け出し、まず目の前にある寺の山門をくぐった。

「『大島屋』の菩提寺に何が？」

「そこにお染がいる」

剣一郎は言い切った。

京之進は啞然《あぜん》としている。

太助が山門から出てきて、隣の寺に入って行った。

「まさか、お染は……」

京之進はきいた。

剣一郎は黙って頷く。

太助が走ってきた。

「ありました。この先の林桜寺《りんおうじ》だそうです」

「よし。行ってみよう」

「はっ」

京之進は頷き、ついてきた。

剣一郎は林桜寺の山門をくぐった。


その日の夜、剣一郎は『大島屋』を訪れた。

通された客間で待っていると、光太郎と光之助の親子が連れ立って現われた。

「青柳さま。いったい、何事でございましょうか。私と倅に話があるとか」

向かいに座るなり、光太郎が切り出した。

「お染が消えた真相がわかったので、確かめにきた」

「確かめに？」

「そうだ。まず、『川田屋』で花嫁が消えたからくりを話しておこう」

剣一郎はそう前置きして、

「花嫁は祝言の途中で具合が悪くなり、角太郎に連れられ奥の部屋に下がった。その部屋に花嫁を残して角太郎は部屋を出る。廊下にいた女中に、『大島屋』から付き添ってきた女中がついているからと、角太郎は言った。しばらくしてから、『大島屋』の女中が部屋から出てきた。花嫁がひとりになりたいと言っていると な」

剣一郎はふたりの顔を交互に見て続ける。

「そして、角太郎が花嫁の様子を見に来たとき、すでに部屋には花嫁はいなかった。実は、途中で部屋から出てきた女中こそ花嫁だったのだ。なぜ、皆騙《だま》されたのか。花嫁と女中だけではなしえない。それは角太郎が手を貸していたからだ」

「お言葉ですが、なぜ角太郎さんがそのような真似《まね》をしなければならないのですか」

光太郎が口を挟んだ。

「そうだ、ふつうに考えたら、婿の角太郎がそのような企みに加担するはずない。だが、実際は加担した。なぜか」

「…………」

「お染がいなかったからだ」

「なんと」

光太郎が目を見開いた。

「当初、角太郎が何らかの事情でお染に危害を加え、その事実を隠すために花嫁が消えたことにしたと考えたが、それは難しい。お染に危害を与えたとしても、『川田屋』の者たちに気づかれずことをなすのはほとんど無理だ。花嫁が入れ代わったのは『川田屋』でではない。『大島屋』を出立したときから、花嫁はお染ではなかった。廻髪結いのおさんという女だったのだ。おさんは光之助が仲間に引き入れたのだろう」

「何をおっしゃいますか。なぜ、そんな企みをしなければならないのですか」

光太郎は訴えた。

「祝言の前に、すでにお染は死んでいたからだ」

「ばかな。お染は祝言の夜に姿を消したのでございます」

光太郎がむきになって言う。

「この期《ご》に及んで、まだそう言い張るのか。光之助、どうだ？」

剣一郎は倅の光之助に目をやった。

「………」

光之助は唇を嚙《か》みしめている。

「祝言は六月六日だったな。だが、そのふつか前の四日の夜、お染は指物師《さしものし》の恭助とともに石浜で心中《しんじゅう》をしたのだろう」

光太郎が奇妙な声を上げた。だが、言葉にならない。

「ふたりが駆け落ちしたことを知って、すぐに追いかけた。いつも待乳山聖天で待ち合わせ、どこかに行っていた。それでその方面を探した。そして、石浜の小屋で、ふたりが死んでいるのを見つけたのだ」

「………」

光太郎は口をわななかせた。

「まず、心中したことを隠さなければならない。恭助の亡骸を近くにもやってあった船に運び、莚《むしろ》をかけた。そして、大八車でお染の亡骸を菩提寺の林桜寺に運んだ。住職に娘の急死を話した。住職は事情を察したか、金の効き目か、お染を引き取ってくれたのだ」

剣一郎は間を置いてから、

「林桜寺の住職はすべて認めた」

と、告げた。

うっ、と光太郎は突っ伏した。

「花嫁が消えたという奇怪な出来事を吹聴《ふいちょう》し、それに便乗《びんじょう》して金儲《もう》けを企む者が出たり、娘を誘拐し、すべて鬼の仕業《しわざ》にしようというような輩《やから》が登場している。いつまでも解決が長引けば、新たに害を被る者が出てこよう」

剣一郎はふたりを諭《さと》した。

「恐れ入りました」

光之助は嗚咽をこらえ、

「まさか、妹がそこまで思い詰めていたとは考えもしなかったんです。祝言さえ挙げてしまえば、恭助さんのことは諦《あきら》めるだろうとたかをくくっていました」

と、口にした。

「私たちは混乱していました」

光太郎はやっと顔を上げ、

「心中では弔《とむら》いも出すことが出来ません。それより問題は『川田屋』さんへの中し開きでした。嫁にくる女が祝言の前に他の男と心中したなどと世間に知れたら、角太郎さんの面目が立ちません。それより、祝言には親戚や同業者など多くの方々を招いておられます。そのひとたちに角太郎さんはなんと説明すればいいのでしょう」

「角太郎さんの名誉を守らなければなりません」

光之助は深くため息をつき、

「朝になって、父と私は『川田屋』さんに駆け付けました。そして、角右衛門さんと角太郎さんに正直に申し上げました。おふたりの怒りは凄《すさ》まじいものでした。無理もありません。祝言を次の日に控え、支度もすべて整っているのに祝言が中止になったといまさら言えるはずありません。商家にとって息子の祝言は特別な意味があるのですから」

「うむ」

祝言は嫁を披露《ひろう》するためというより、家督《かとく》を継ぐ者のお披露目の場なのだ。『川田屋』の次の当主は角太郎だと認めてもらう儀式でもある。

「それを中止することは出来ません。そこで、私が小細工を考えました。青柳さまが仰ったとおりにございます。妹に口元が似ているおさんという女に偽《にせ》の花嫁になってもらったのです」

「『鬼一口』の掛け軸は誰が考えたのだ?」

「それは私です」

光太郎が言い、

「『風雅の宴』を主宰《しゆさい》している『文古堂』の文兵衛さんから『鬼一口』の掛け軸が売れずに残っていると聞いていたので、それを利用しようと……」

「文兵衛はすぐに乗ってきたのか」

「はい」

光太郎は頷いた。

「お染と恭助のことは知っていたのか」

「はい。でも、反対しました」

「なぜだ?」

「…………」

「『川田屋』と縁戚になることが望みだったからか」

「はい」

「お染はその犠牲になったのだ」

「商家の娘なら、店の事情をわかってくれると思っていました」

「身勝手に過ぎる」

　剣一郎は一喝《いっかつ》し、

「これが、あとを継ぐ光之助が好きな女子を諦め、お店に役立つ娘を嫁にもらうのであれば、自分のことだから他人がとやかく言うことはあるまい。しかし、お染にまで、その任を押しつけるのはいかがなものか」

「はい。身に沁《し》みております」

　光太郎はうなだれた。

「今後のことだ。世間を騒がせた罪は免《まぬか》れぬ。また、心中を殺しに見せ掛けたり、娘の亡骸をこっそり始末したり、掟《おきて》破りをした罪も負わねばならぬ」

「はい」

　ふたりは力なく頷いた。

「これから『川田屋』の角右衛門や角太郎を説《と》き伏せ、奉行所に自訴して出るのだ」

「はい」

「出来ることなら」

剣一郎は言いさした。

「なんでございましょうか」

「いや、よけいなことだ。忘れてくれ」

「どうぞ、なんでも仰ってくださいませ」

光太郎が伏して訴えた。

「いや、お染と恭助が不憫《ふびん》と思ったのだ。あの世で、ふたりは仲むつまじく暮らしていると思うが、この世でもふたりの仲を認めてやれぬかと思ってな」

「わかりました」

光太郎ははっきり言い、

「ふたりをいっしょの墓に」

と言い、再び涙ぐんだ。


駒形町に差しかかったとき、夜空に黒い雲が張り出していた。風もひんやりしてきた。途中で降られるかもしれないと思い、『大島屋』に引き返して傘を借りることを考えたが、そのまま歩きだした。

花嫁が消えた謎が解明出来た今、いよいよ三十年前の倉木紀之助に起こった不可解な謎への挑戦が始まる。

花嫁の消えたからくりが参考になるというより、根岸の里の尼僧の言葉が手掛かりになる。

尼僧はこう言った。その花嫁はほんとうにお染さんだったのでしょうかと。お染に代わって軽業の女芸人が花嫁に化けていたのではないかと推量《すいりょう》していた。

お染の件では尼僧の考えは外れたが、それは三十年前には当てはまるのではないか。もっとも、それは胡蝶が旅芸人の一座にいたことから考えたのであって、実際には軽業の芸人ではない。

倉木紀之助の話からでは、途中で胡蝶が誰かと入れ代わることはなかったはずだ。そうなると、考えに窮《きゅう》する。

冷たいものが顔に当たった。ついに降りだしてきそうだ。まだ、蔵前を過ぎたばかりだ。剣一郎が足を急がせ、浅草橋に近づいたとき、橋を渡ってくるふたつの影が目に入った。

近づくと、ひとりが叫《さけ》んだ。

「青柳さま」

太助だった。そして、隣にいるのは隠密《おんみつ》同心の作田新兵衛だった。

「どうした？」

剣一郎はきいた。

「降りだしそうになったので傘をお持ちしました」

「それはすまない。しかし、新兵衛まで」

「はい、お屋敷でお待ちしていたのですが、太助が傘を届けると言うのでいっしょについてきました」

「そうであったか。で、何かわかったか」

剣一郎は傘を差してきいた。

「はい。やはり、太田菊次郎一座は毎年、例の豪農の屋敷に招かれて泊まっていたそうです。今の当主は子どもだったのですが、一座に若い女と男がいて、ふたりは角兵衛獅子《かくべえじし》だったと父親から聞いたことがあったそうです」

「角兵衛獅子だと？」

「はい。ふたりは越後《えちご》の月潟《つきがた》村で獅子児《ししご》として子どものころから厳しい稽古をしてきたそうです。歳がいってから太田菊次郎一座に加わったとか」

「新兵衛、よく調べてきてくれた。これで倉木さまの長年の謎を解決できそうだ」

だが、もうひとつの頼まれ事があった。胡蝶を探すことだ。大粒の雨が傘を打ちつける音を聞きながら、剣一郎は胡蝶の行方を考えていた。

五

陽もだいぶ高くなっていた。剣一郎は早朝に八丁堀を出立し、四つ（午前十時）には根岸の里の庵に着いて、庭に面した部屋で尼僧と会っていた。

「たびたび、お邪魔をして申し訳ござらぬ」

「いえ。私も青柳さまとお話をするのが楽しみでございますゆえ」

「例の花嫁が消えた謎が解明出来たので、知らせておこうと思ったのだ」

「それはそれは」

尼僧は穏やかな笑みを浮かべた。

「花嫁は祝言の前に、すでに死んでいた。好いた男と心中したのだ」

「まあ」

「そのせいで、仕掛けた者は祝言の席から花嫁を消すという企みを考えついたそうだ」

剣一郎は一件を話した。

聞き終えてから、尼僧はため息をついた。

「共に死出の旅に出られて、ふたりは仕合わせだったんでしょうね」

「身分違いの恋は悲しい結末に向かうものであろうか」

「残念ながら、そうかもしれません」

「きょうはもうひとつ尼僧にお話があるのだ。聞いていただけぬか」

「喜んで」

「やはり、身分違いの恋の話だ」

剣一郎は尼僧の顔を見つめ、

「わしの知り合いのお武家の若い頃の話だ。三十年前、そのお武家は旅芸人一座の女子と恋に落ち、駆け落ちした。女の国だという白河に向かって出立したが、すぐ追手がかかった。草加宿までやって来たとき、激しい豪雨に見舞われ、古びた土蔵に入ったそうだ。しかし、追手が追いついてきた。やむなく、そのお武家は土蔵の前で、自分の家来である追手に見逃してくれと頼んだ。お屋敷にお帰りくださいという追手との押し問答が四半刻（三十分）ばかり続いたあと、追手のひとりが強引に土蔵に入ったそうだ」

剣一郎はここで言葉を切った。尼僧は目を細めている。

「驚いたことに、土蔵の中に女はいなかった。忽然《こつぜん》と消えてしまったのだ」

「…………」

尼僧が微かに息を吐いた。

「土蔵の中には高い場所に窓があるだけで、他にはどこにも出入口はない。豪雨の中、土蔵の周辺を探したが、どこにも女はいなかった」

剣一郎は間を置き、

「尼僧どの。そなたならこの謎を容易に解けよう」

と、きいた。

「私などには……」

「花嫁が消えたからくりで、そなたは花嫁が自らの気持ちで消えたと看破《かんぱ》された。それからすれば、女が自ら消えたと考えるべきではないか」

「…………」

「しかし、土蔵の扉には何人もの追手がいて、出ることは無理だ。すると、高いところにある窓しか考えられぬ」

「…………」

「しかし、軽業師の女でない限り無理だ。いや、軽業師であっても高い場所にある窓に飛びつくことは難しい。しかし、女は窓から出たとしか考えられぬ。では、どうすれば窓に辿《たど》りつけるか」

尼僧は目を伏せた。

「窓から縄が垂れていれば、軽業師なら出来るだろう。つまり、女はその縄を伝って窓によじ登った」

「なぜ、縄が?」

この件についてはじめて、尼僧は口をきいた。

「前もって垂らしてあったのだ」

「……………」

「つまり、女は草加のその土蔵までお武家を導いてきたのだ。お武家の前で、不可解な消え方をするために」

剣一郎は尼僧の顔を見つめ、

「今のわしの考えに間違っているところはあるか」

「青柳さまはなぜ、そのようなお話を私に? それより、どうしてそのことをご存じなのでしょうか」

尼僧の声は少し強張っていた。

「はっきり言おう。お武家とは白岡藩主倉木家のご嫡男《ちやくなん》だった。当時の名は紀之助さま」

「…………」

尼僧は軽く息を呑んだ。

「当時二十歳《はたち》だった紀之助さまは、旅芸人一座の胡蝶という女子と恋に落ちた。十七万石のお家を捨ててまで胡蝶といっしょになりたいと思い詰めたあげく、駆け落ちした。ところが、草加での一件から倉木さまは連れ戻された。その後、倉木家を継ぎ、白岡藩主倉木肥後守孝康さまとして藩をまとめられ、やがて名君と称《たた》えられるようになった」

尼僧は俯いて聞いている。

「去年、倉木さまは家督《かとく》をご長男にお譲《ゆず》りになって隠居し、今は若い頃のお名前である紀之助を名乗っておられる」

尼僧はそっと目尻を拭《ぬぐ》った。

「わしはある一件で倉木さまと誼《よしみ》を通じた。わしが尊敬するお方だ。先日、その倉木さまから、三十年前の出来事を聞いた。そして、胡蝶が消えた真相と、今胡蝶がどこにいるのか調べて欲しいと頼まれたのだ」

「……さようでございましたか」

尼僧はようやく呟いた。

「そなたが、胡蝶だな」

剣一郎は言葉に力を込めて言い切った。

「……はい」

「三十年前の土蔵から消えた件だが」

「青柳さまの仰るとおりにございます。あらかじめ、あの土蔵の窓から綱が垂らしてありました」

「同じ一座にいた勘太郎という男が手を貸したのか」

「はい。さようで。私は紀之助さまと白河に向かう途中で、草加のあの土蔵に紀之助さまを導きました。幸い、あの夜は豪雨に見舞われたため、土蔵に飛び込むことに何ら不審をもたれませんでした」

「追手の侍もぐるだったのだな」

「はい。すべて、紀之助さまをたばかるため」

「なぜ、そのような真似をしたのだ？」

「倉木の殿さまから懇願《こんがん》されたのです。紀之助は倉木家の家臣だけでなく、白岡藩の領民にとって、かけがえのない男なのだと。我が子だから言うのではない、紀之助こそ国を治めるにふさわしい人物なのだと」

尼僧の胡蝶は苦しげに眉根を寄せて続ける。

「座頭からも説き伏せられました。紀之助さまはそなたが独り占めしてはならないお方だ。白岡藩の領民のためにも諦めるのだ、と」

「…………」

「死にたいと、私は泣き崩れました。殿さまは死んではならぬと。そなたが死ねば、紀之助はあとを追うかもしれぬ。死なぬまでも、いつまでも紀之助の心にそなたが生き続けてしまう。それではよい政《まつりごと》を行なうことは出来ぬと、殿さまは嘆《なげ》かれました。そして、こう仰ったのです。紀之助の心からそなたへの思いを断ち切るには神仏の加護に頼るしかないと」

「神仏の加護か……。そこから、摩訶《まか》不思議な状況の中で、そなたが消え失《う》せるという考えが浮かんだのだな」

それが魔界に通じるという、あの土蔵だったのだ。

「土蔵のことは前から知っていました。あの夜、土蔵の扉の外で紀之助さまが追手と言い合っている間に、私は縄をよじ登って窓から外に出ました。それから、縄を回収し、いつもお世話になっている豪農のお屋敷に駆け込みました」

「そうであったか」

剣一郎は過酷な運命に翻弄《ほんろう》された胡蝶をいたわるように、

「さぞ、辛かったであろうな」

「はい。何度も死んでしまおうかと思いました。でも、死んだことがわかったら、紀之助さまを苦しめることになる。よき君主になっていただくには私は死んではいけないのだと自分に言い聞かせて、なんとか堪えました」

「その後、どういう暮らしを?」

「旅芸人の一座に戻ることは出来ません。紀之助さまの耳に私のことが入ることは決してあってはなりませんから。殿さまの世話で谷中のお寺で仏門に入り、その後、この庵を建てて過ごしております」

「出家をしたのか」

「いえ、仏門の修行はしましたが、出家はしておりません」

「なぜだ?」

「…………」

胡蝶は無言で俯いた。

言い淀んでいたが、意を決したように顔を上げた。

「私はずっと紀之助さまの……」

「うむ?」

「紀之助さまの妻のつもりでおりますゆえ」

「なんと」

剣一郎は驚いた。

「その後の紀之助さまのご活躍ぶりは存じあげております。我が事のように喜んでおりました」

「そなたはそれで仕合わせだったのか」

「はい。私はあの土蔵から豪雨の中に飛び出したときから、いつも紀之助さまといっしょでございました。ですから、私はとても仕合わせでした」

「そうであったか」

剣一郎は深くため息をついた。

このことを知ったら、紀之助はどう思うだろうか。

「失礼だが、暮らし向きの掛かりはどうしているのだ?」

どのように生計を立ててきたのか、気になった。

「先代の殿さまから化粧代として、谷中のお寺に預けてくださったそうです。月々、そこから頂いております」

「では、このことは倉木さまの御家中の方々もご存じないのか」

「殿さまがお亡くなりになった今は、どなたも」

「ところで」

と、剣一郎は言葉を改めた。

「倉木さまがそなたに会いたがっておられる。いかがか」

「もちろん、お会いしとうございます」

胡蝶は即座に答えたが、

「でも、会わぬほうが……」

「なぜだ？」

「会ったところで三十年前の昔に戻れるわけではありません」

「しかし、今なら倉木さまとそなたの間に何の障害もない」

「いえ、やはり三十年の歳月という壁がございます」

「そのようなものが気になるのか」

「紀之助さまが思い描いている胡蝶は二十二歳の胡蝶でございます。三十年経った五十二歳の私を見てどうお思いでしょうか」

「三十年経とうが、そなたはそなただ。それに、そなたは若々しい」

「ありがとうございます。でも、私は紀之助さまの夢を壊したくありません」

「ほんとうは会いたいのではないか」

「お会いして幻滅《げんめつ》されたら、もっと悲しゅうございます。いつまでも昔の胡蝶を心に刻み続けて……」

そう言い、胡蝶は声を詰まらせた。

「わかった。そのほうの気持ちを尊重しよう」

「ありがとうございます」

胡蝶は頭を深く下げた。


残暑は厳しいが、朝晩にようやく秋の気配を感じるようになった。夕暮れの根岸の里にはさわやかな風が吹いている。ひぐらしがけたたましく鳴いている。長く鳴き続けるその声は、やがて切なく胸に響いてきた。

剣一郎は木立《こだち》の陰から庵を覗いていた。隣には頭巾《ずきん》を被った倉木紀之助が立っている。三十年前の謎を説明し、胡蝶のことも話した。

胡蝶の思いを厳粛に受け止めたが、紀之助は遠くからでも会ってみたいと言ったのだ。ここに来てから四半刻後、比丘尼《びくに》頭巾を被った胡蝶が出てきて、庭の草木に水を与えはじめた。

「胡蝶どのです」

剣一郎は囁《ささや》いた。

「胡蝶……」

紀之助は声を絞り出した。

「どうなさいますか。このまま引き上げますか。それとも、お会いになりますか」

剣一郎はきいた。

「わしのために身を引き、三十年もわしを見守ってきた女だ。わしとて片時も忘れたことはなかった。お互い歳をとったが、残された暮らしを共に過ごすことに、誰が異を唱《とな》えよう。剣一郎、世話になった。わしはもう藩主ではない。自分の道を進む」

「行かれますか」

「うむ。供の者に、しばらく待つように伝えてくれ」

「はっ」

頭巾をとって懐《ふところ》にしまい、紀之助は庵に向かって歩き出した。

草木を踏む音が聞こえたのか、胡蝶が顔を向けた。紀之助が近づいて行く。胡蝶の表情が泣き顔に変わった。

紀之助が立ち止まった。その背中が感慨《かんがい》に打ち震えているように思えた。やがて、胡蝶が数歩、紀之助のほうに寄った。紀之助もさらに近づいた。

あれほどやかましく鳴いていたひぐらしの声が急に止《や》んだ。

胡蝶の唇が動いた。紀之助さまと口にしたようだ。やがて、胡蝶が紀之助の胸に飛び込んだ。紀之助の手が胡蝶の肩にまわった。

それを見届け、剣一郎は踵《きびす》を返した。再び、ひぐらしがあちこちで鳴きだした。

「ふたりを祝福してくれるのか」

ひぐらしに向かって声をかけ、剣一郎は引き上げて行った。

夕餉のあと、剣一郎は濡縁《ぬれえん》で剣之助と並んで庭を見ていた。涼しい夜風に、だ。

「季節の移ろいは早いものだ」
と、剣一郎は呟く。
倉木紀之助と胡蝶の空白の三十年も、今となっては一瞬に過ぎなかったよう
「それはそうと、左門の吟味はどうだ？」
剣一郎はきいた。
「はい。『川田屋』の角右衛門・角太郎親子についてはなんとかおとがめがなき
よう、『大島屋』の光太郎・光之助親子については心中を隠したことは不届きだ
が、その気持ちもわからなくはないということでなんとか寛大な処分を考えてい
るようです」
「花嫁が消えたという芝居で世間を騒がせたことについてはどういう考えだ？」
「内々でのことであり、それがたまたま世間に噂《うわさ》が流れてしまったのであって、
世情を騒がすことを狙《ねら》ったものではないということで穏便《おんびん》にと」
「なるほど。左門もいろいろ苦労しているようだな。だが、わしも左門の措置《そち》に
賛成だ。そう伝えておいてくれ」
「はい、では」

剣之助が腰を上げた。

「もう行くのか」

「はい。志乃が待っていますので」

「そうか」

剣之助が下がったあと、太助がやって来た。

「太助か。よく来た。上がれ」

「はい」

「今宵《こよい》はまたいつぞやのように呑み明かすか」

涼しくなってくると、なんとなくひと恋しくなる。

「へい」

太助は相好《そうごう》を崩した。

手を叩いて多恵を呼び、酒肴《しゅこう》の支度をさせた。

やがて、多恵を交《まじ》えた三人での酒宴がはじまった。倉木紀之助と胡蝶の顔が蘇り、剣一郎は仕合わせな気分で、鈴虫の音を聞きながら酒を呷《あお》った。

悲恋歌

一〇〇字書評

切り取り線

購買動機（新聞、雑誌名を記入するか、あるいは○をつけてください）	
□（　　　　　　　　　　　　）の広告を見て	
□（　　　　　　　　　　　　）の書評を見て	
□ 知人のすすめで	□ タイトルに惹かれて
□ カバーが良かったから	□ 内容が面白そうだから
□ 好きな作家だから	□ 好きな分野の本だから

・最近、最も感銘を受けた作品名をお書き下さい

・あなたのお好きな作家名をお書き下さい

・その他、ご要望がありましたらお書き下さい

住所	〒				
氏名		職業		年齢	
Eメール	※携帯には配信できません	新刊情報等のメール配信を 希望する・しない			

この本の感想を、編集部までお寄せいただけたらありがたく存じます。今後の企画の参考にさせていただきます。Eメールでも結構です。

いただいた「一〇〇字書評」は、新聞・雑誌等に紹介させていただくことがあります。その場合はお礼として特製図書カードを差し上げます。

前ページの原稿用紙に書評をお書きの上、切り取り、左記までお送り下さい。宛先の住所は不要です。

なお、ご記入いただいたお名前、ご住所等は、書評紹介の事前了解、謝礼のお届けのためだけに利用し、そのほかの目的のために利用することはありません。

〒一〇一-八七〇一
祥伝社文庫編集長　坂口芳和
電話　〇三（三二六五）二〇八〇

祥伝社ホームページの「ブックレビュー」からも、書き込めます。

www.shodensha.co.jp/bookreview

祥伝社文庫

悲恋歌《ひれんか》　風烈廻《ふうれつまわ》り与力《よりき》・青柳剣一郎《あおやぎけんいちろう》

令和 2 年 7 月 20 日　初版第 1 刷発行

著　者　小杉健治《こすぎけんじ》
発行者　辻　浩明
発行所　祥伝社《しょうでんしゃ》
東京都千代田区神田神保町 3-3
〒 101-8701
電話　03（3265）2081（販売部）
電話　03（3265）2080（編集部）
電話　03（3265）3622（業務部）
www.shodensha.co.jp
印刷所　堀内印刷
製本所　積信堂
カバーフォーマットデザイン　中原達治

 ISBN978-4-396-34652-2 C0193

祥伝社文庫の好評既刊

小杉健治

灰の男〈上〉

B29を誘導するかのような放火、空襲警報の遅れ——昭和二十年三月二十日の東京大空襲は仕組まれたのか⁉

小杉健治

灰の男〈下〉

愛する者を喪いながら、歩みを続けた昭和の人々への敬意。衝撃の結末が胸を打つ、戦争ミステリーの傑作長編。

小杉健治

偽証《ぎしょう》

誰かを想うとき、人は嘘をつくのかもしれない。下町を舞台に静かな筆致で人の情を描く、傑作ミステリー集。

小杉健治

幻夜行《げんやこう》 風烈廻り与力・青柳剣一郎㊶

その旅籠《はたご》に入った者は死ぬ！　殺された女中の霊が……？　次々と起こる不可解な死の謎《なぞ》に、剣一郎が挑む。

小杉健治

夢の浮橋 風烈廻り与力・青柳剣一郎㊷

〝鶴の一六四二番〟手にした者は必ず死ぬ、呪《のろ》われた富《とみ》くじ——。真相に気付いた男達は、一獲千金《いっかくせんきん》を目論《もくろ》む。

小杉健治

火影《ほかげ》 風烈廻り与力・青柳剣一郎㊸

悪を喰《く》らう悪党、影法師《かげほうし》の正体とは？　不良御家人《ごけにん》らを手玉にとって、真の黒幕が暗い闇《やみ》の中で動き出す！

祥伝社文庫の好評既刊

小杉健治
泡沫《うたかた》の義
風烈廻り与力・青柳剣一郎㊹
町娘を死に追いやった旗本《はたもと》、強欲な金貸し……襲われたのは全員悪人。真相を追う剣一郎に凄惨《せいさん》な殺人剣が迫る。

小杉健治
宵《よい》の凶星《まがぼし》
風烈廻り与力・青柳剣一郎㊺
かつての相棒、今は義弟の男・文七《ぶんしち》が窮地に！　必ず救う――剣一郎は巨悪の根源・幕閣《ばっかく》へと斬り込む！

小杉健治
虚《うつ》ろ陽《び》
風烈廻り与力・青柳剣一郎㊻
好敵手、出現！　新進気鋭の北町与力水川秋之進の狙いとは――。剣一郎を狡猾な罠が待ち受ける。

小杉健治
蜻蛉《かげろう》の理《ことわり》
風烈廻り与力・青柳剣一郎㊼
罠と知ってなお、探索を止めず。不殺の賊は、なぜ凶賊へと変貌したのか？剣一郎を凄腕の剣客が待ち伏せる。

小杉健治
咲かずの梅
風烈廻り与力・青柳剣一郎㊽
剣一郎に協力する御庭番が死体となり京橋川に浮かんだ！　幕閣も絡む百万石の御家騒動に、剣一郎が斬り込む。

小杉健治
母の祈り
風烈廻り与力・青柳剣一郎㊾
愛が女を、母に、そして鬼にした――。次々と殺害される盗賊一味。驚愕の真相と慈愛に満ちた結末に感涙！

〈祥伝社文庫　今月の新刊〉

矢月秀作

壊人《かいじん》　D1警視庁暗殺部

著名な教育評論家の死の背後に、謎の組織が……。全員抹殺せよ！　暗殺部に特命が下る。

江上　剛

庶務行員　**多加賀主水《たかがもんど》の憤怒《ふんぬ》の鉄拳**

不正な保険契約、ヘイトデモ、中年ひきこもり……最強の雑用係は屈しない！

大倉崇裕

秋霧《しゅうむ》

殺し屋VS.元特殊部隊VS.権力者の私兵。紅く燃える八ヶ岳連峰三つ巴の死闘！

盛田隆二

焼け跡のハイヒール

戦争に翻弄されつつも、鮮やかに輝く青春があった。看護の道を志した少女の恋と一生。

小路幸也

春は始まりのうた　マイ・ディア・ポリスマン

犯罪者が〝判る〟お巡りさん×スゴ技をもつ美少女マンガ家が活躍の交番ミステリー第2弾！

南　英男

悪謀　強請屋稼業《ゆすりや》

殺人凶器は手斧、容疑者は悪徳刑事。一匹狼探偵の相棒が断崖絶壁に追い詰められた！

山田正紀

恍惚病棟《こうこつ》　新装版

死者から電話が!?　トリックを「知ってから」さらに深みを増す、驚愕の医療ミステリー。

沢里裕二

悪女刑事《デカ》　東京崩壊

新型コロナで静まり返った首都で不穏な事件が続出。スーパー女刑事が日本の危機を救う。

小杉健治

悲恋歌《ひれんか》　風烈廻り与力・青柳剣一郎

心の中にこそ、鬼は巣食う。剣一郎が、花嫁が消えた密室の謎に挑む！　愛され続け、50巻。